GEMA SAMARO

Entre las azucenas olvidado

Editado por Harlequin Ibérica.
Una división de HarperCollins Ibérica, S.A.
Núñez de Balboa, 56
28001 Madrid

© 2013 Gema A. Martínez Lamparero
© 2014 Harlequin Ibérica, S.A.
Entre las azucenas olvidado, n.º 167 - 1.2.14
Publicada originalmente por HQÑ™

Todos los derechos están reservados incluidos los de reproducción, total o parcial.
Esta edición ha sido publicada con autorización de Harlequin Books S.A.
Esta es una obra de ficción. Nombres, caracteres, lugares, y situaciones son producto
de la imaginación del autor o son utilizados ficticiamente, y cualquier parecido con
personas, vivas o muertas, establecimientos de negocios (comerciales), hechos o
situaciones son pura coincidencia.
® Harlequin, TOP NOVEL y logotipo Harlequin son marcas registradas por
Harlequin Enterprises Limited.
® y ™ son marcas registradas por Harlequin Enterprises Limited y sus filiales,
utilizadas con licencia. Las marcas que lleven ® están registradas en la Oficina
Española de Patentes y Marcas y en otros países.
Imágenes de cubierta utilizadas con permiso de Dreamstime.com.

I.S.B.N.: 978-84-687-4076-8
Depósito legal: M-32595-2013

No aceptar otro orden que el de
las afinidades,
otra cronología
que la del corazón,
otro horario que
el de los encuentros a deshora,
los verdaderos.
Julio CORTÁZAR, *Deshoras*

El tiempo es demasiado lento
para aquellos que esperan...
demasiado rápido para
aquellos que temen...
demasiado largo para aquellos
que sufren...
demasiado corto para aquellos
que celebran...
pero para aquellos que aman,
el tiempo es eterno.
Henry VAN DYKE

Un duque en mi farmacia

CAPÍTULO 1

Era agosto, cuarenta y tres grados en la calle, y Lily y yo fantaseábamos con otras realidades mientras veíamos a las chicas de natación sincronizada bailar un tango en el agua.

Se estaría tan bien bailando un tango en un crucero por el Báltico, paseando por Buenos Aires muertas de frío, nadando por aguas mediterráneas bajo la acechante mirada de un atractivo socorrista argentino...

Lily me miró y me preguntó abúlica:

—¿Vamos el domingo a la piscina?

Dije que sí y suspiré. Eran las cinco de la tarde y, como hubiésemos apostado todo a que no entraría nadie en la farmacia hasta casi la hora del cierre, nos arrellanamos en nuestros pequeños sillones de cuero blanco en la rebotica, a la espera de que un dulce sopor nos envolviera hasta que cayera la noche.

Pero eso no sucedió. Al poco, cuando estábamos a punto de dar las primeras cabezadas, la campanilla electrónica que avisaba de que había entrado un cliente sonó cual

Entre las azucenas olvidado

dios cruel y tirano para recordarnos quiénes éramos y por qué estábamos ahí:

—Voy yo... —dijo Lily, mi jefa, que ya estaba de pie con los ojos aún cerrados.

—No, no... Déjame a mí...

Hice ademán de levantarme, si bien Lily me detuvo: era una jefa extraña. Siempre ponía especial empeño en que trabajara lo justo, me pagaba más de lo que ofrecía el mercado, me regalaba días libres, me instaba a que llegara tarde y a que me marchara antes de tiempo.

—Ya estoy de pie —replicó mientras se alisaba la bata y se retocaba el pelo.

—Apenas se nota que te acabas de despertar de la siesta.

Lily tenía revuelta su media melena, lisa y espesa, de color miel. Era una chica guapa de treinta y tantos, de ojos castaños chispeantes, pómulos marcados, nariz un pelín larga y sonrisa amable, que se conservaba fenomenal porque se echaba todas las cremas de la tienda.

Lily era mi jefa, pero antes habíamos sido compañeras en las clases de doctorado en el Departamento de Historia de la Farmacia en la Facultad. Lo nuestro fue un flechazo amistoso: sintonizamos desde el primer día, tuvimos una gran conexión que con el tiempo se transformó en una complicidad y un cariño que no ha dejado de crecer.

Por eso, para mí fue una gran suerte que me ofreciera trabajo en la farmacia, que acababa de heredar de un paciente, en cuanto terminé el doctorado. Trabajar con una amiga al lado es uno de los grandes privilegios de la vida.

—¿Quién crees que es?

GEMA SAMARO

A Lily le encantaba jugar al «quién crees que es» porque siempre acertaba. Llevaba siglos trabajando en la farmacia y podía determinar con precisión quién era el cliente y qué era lo que venía a pedir con el solo sonar de la campanilla.

—Joven, menor de dieciocho, feo, con granos y *brackets*, de camino a la piscina: necesita tapones para los oídos —dije por decir, porque nunca acierto.

—No —negó rotunda—. Es una mujer, entre veinticinco y cuarenta, *rubiáncana* y con sandalias de plástico, que mata por unas tiritas.

Y dicho esto, abandonó la rebotica con el paso triunfal del que va a que le cuelguen una medalla. Si bien al instante apareció de nuevo con cara de pasmo y llevándose las manos a la cara:

—¡Dios! Eva... ¡No sabes quién está ahí!

—¿La mujer de las tiritas es Lady Gaga? —pregunté poniéndome de pie.

—¡Hugo D'Argel! —me respondió mitad estupefacta, mitad asustada.

—¿Y ese quién es?

—Asómate y me lo cuentas.

Asomé la cabeza discretamente...

—¡Tanto no, que te va a ver! —exclamó Lily tirando de mí hacia atrás, así que no debí de ser muy discreta.

—Está buenísimo. ¿Es del barrio?

—¡No! Es un duque francés. El duque de Fleurus. ¡Y uno de los coleccionistas y galeristas de arte más importante del mundo!

—¿Y qué hará un tío como este en nuestro barrio?

Entre las azucenas olvidado

—Ni idea.

—No creo que sea él —dije dando un manotazo al aire—. Será uno que se le parece.

—Es él —replicó Lily rotunda.

Debí de poner una cara rara porque mi jefa enseguida añadió:

—Le conozco del ¡*Hola!*, es él seguro.

—¿Se habrá perdido?

—Sal ahí a averiguarlo. —Era la primera orden que Lily me daba en los doce años que llevaba trabajando en su farmacia.

—¿Yo? El duque se merece que le atienda la dueña de la farmacia.

—Tú lo harás mucho mejor que yo. Además, ¿quién sabe? —canturreó.

—¿Quién sabe qué?

—¿No eres tú la que cree en el amor?

—¿Y? —pregunté alzando las cejas.

—Ahí tienes al príncipe ideal presto a que le atiendas. Este puede ser el arranque perfecto de tu cuento de hadas —habló tomándome por los hombros y empujándome para que saliera afuera.

—Estos príncipes solo practican la endogamia, no tengo absolutamente nada que hacer con él —repuse resistiéndome.

—Te equivocas, Hugo D'Argel ha salido con chicas de todo tipo.

—¡Por favor! ¡No seas boba! Yo ni siquiera soy una chica de todo tipo.

—Eres una chica encantadora.

—Mi jefa es mucho más encantadora que yo.

—Posiblemente, pero yo no creo en el amor. Tú sí. Y ahí tienes al hombre perfecto esperando.

—Esperando para que le dé amoxicilina para su flemón...

—Seguro que no. Esta clase de príncipes tiene los dientes perfectos.

—Entonces, ¿para qué viene?

—No lo sé —farfulló encogiéndose de hombros—. Pero solo puedes ser tú la que lo descubra. —Y diciendo esto me dio un fuerte empujón que me dejó frente a Hugo D'Argel...

El duque era un joven de unos treinta años, de metro noventa, moreno, imponente, con una mirada inteligente y azul, nariz recta, sonrisa irresistible y cuerpo de escándalo oculto tras una camisa vaquera y unos pantalones cargo verde caqui...

—¡Buenas tardes! —me saludó llevándose un mechón de pelo hacia atrás con la sensualidad justa como para provocarme un suspiro que pude contener a tiempo.

—Disculpe la demora, es que...

—No se preocupe, imagino que estará muy ocupada haciendo fórmulas magistrales con los morteros, las retortas, los alambiques y los lixiadores... —soltó la frase del tirón, como si fuera un trabalenguas para demostrar que había conseguido liberarse de su acento francés.

—Ocupadísima. Sí.

—Me fascinan las reboticas.

Y a mí me fascinaba él. Tenía la compostura y el aplomo de un aristócrata, pero sin un atisbo de prepotencia.

Entre las azucenas olvidado

—A mí también —respondí.

—Son mágicas. —El duque dijo «mágicas» y su mirada se encendió. No sé en qué estaría pensando, pero yo me puse muy seria.

—Y poderosas... Las reboticas han sido siempre un centro de poder. Ahora elaboramos preparados que curan —también sesteamos, vemos la tele y navegamos por Internet, pero no se lo dije—, si bien hasta hace no mucho eran además un lugar de encuentro y discusión de autoridades y mandatarios locales en torno a la mesa camilla, el brasero, el café y las pastas.

—¿Echa de menos en su rebotica a alcaldes, señoritos, médicos, veterinarios, curas y militares arreglando el mundo al calor del brasero?

—Solo las pastas.

—Se las traeré la próxima vez.

—Muchas gracias. Y ahora dígame, por favor, ¿qué es lo que quiere?

—A usted.

El duque no podía utilizar técnicas de seducción de ligón barato, su respuesta tenía que obedecer a otra razón.

—¿Me está proponiendo que conspiremos en la rebotica?

Mi pregunta no pudo resultar más desafortunada, más de protagonista de comedia infumable...

—El sitio me da igual. Pero la necesito.

El joven parecía sincero y preocupado de verdad. Pero ¿qué podía necesitar de mí que no pudiera darle cualquiera? ¡Y más siendo un tío de pasta que podía comprarlo todo!

—¿Es usted Eva Villena?

¡Sabía mi nombre! Un súbito escalofrío reptó por mi espalda. ¿De qué podía conocerme un joven apuesto y exitoso? ¿De Facebook? Si apenas tenía doce amigos y entraba dos veces al año... ¿De dónde entonces si tenía menos vida social que la maceta a la que le componía redacciones en el colegio? ¿Sería de algún concurso? ¿Habría olvidado que había participado en algún concurso de esos de Internet y me había tocado un cuadro?

—¿Es usted? —insistió el joven.

—Sí, sí, soy yo.

—En ese caso, la necesito por completo.

—¿Para qué? —pregunté angustiada, tragando saliva. Solo esperaba que el cuadro cupiera en el ascensor de mi casa.

—Tengo puestas en usted todas mis esperanzas.

¿En mí? Pero si ni yo tenía puestas las esperanzas en mí ya...

—Como no sea usted más claro...

—Soy Hugo D'Argel —se presentó tendiéndome su mano firme, que yo estreché, y fue entonces cuando percibí su agradable perfume entre cítrico y amaderado—, y necesito hablar con usted sobre la Botica escurialense.

¿Un duque coleccionista de arte para qué necesitaba a la autora de una tesis doctoral que no aportaba absolutamente nada a la Historia de la Farmacia?

—Mi tesis no añade nada a lo que ya documentaron en sus libros Juan Alonso de Almela y Jean L'Hermite.

—Usted sabe que eso no es cierto.

El escalofrío esta vez me recorrió por completo, de ca-

Entre las azucenas olvidado

beza a pies. Claro que yo sabía que no era cierto, pero había decidido olvidarlo para siempre desde el día que aquella mujer se presentó en mi casa...

—Todo lo que sé es lo que está en mi tesis, puede consultarlo por Internet.

—Si todo lo que sabe fuera eso, Francesca de Lerena no se habría tomado la molestia de ir a visitarla a su casa.

Me asusté. Nadie excepto mi madre sabía que Francesca de Lerena, la dueña de unos de los laboratorios farmacéuticos más importantes del mundo, se había presentado en mi casa para hacerme una oferta que en su día rechacé.

—¿Qué relación tiene con ella? —pregunté intentando que no se notara que estaba muerta de miedo.

—¿Podemos hablar en otro lugar donde estemos tranquilos?

—Salgo a las nueve y media.

—No puedo esperar tanto, ¿no puede salir ahora?

—Espere un momento...

Regresé a la rebotica donde Lily, que había escuchado toda la conversación, me aguardaba ansiosa:

—¡Vete con él!

—Ese hombre será todo lo importante que quieras, pero no sabemos nada de él. Es un completo desconocido...

—Que sabe cosas de ti que nadie sabe...

—No te conté lo de Francesca de Lerena porque...

Mi miedo crecía por momentos.

—No debías contármelo. No necesitas darme ninguna explicación. Pero sí debes ir con él para saber qué es lo que quiere de ti. Llévale al bar de Estrella, con lo cotilla que es no te quitará ojo. En ningún otro lugar vas a estar más segura. Además, estaré pendiente del móvil, para cualquier cosa, me llamas.

—¿Y si no voy? —balbuceé mordisqueándome la uña del dedo índice.

Porque no quería ir. Yo lo que de verdad anhelaba era estar otra vez en la rebotica, repantigada en mi sofá, sin más preocupaciones que despachar gelocatiles o saber quién ganaba la medalla de oro en piragüismo. Pero la vida casi nunca nos ofrece lo que le pedimos.

—Volverá. Él está convencido de que tienes algo que necesita. Cuanto antes descubras qué es, antes podrás librarte de él.

Mi jefa tenía razón, lo mejor era enfrentarme a mis temores cuanto antes. Así que me quité la bata y aparecí de nuevo ante Hugo D'Argel con un vestido sin fuste de algodón negro y los zuecos anatómicos: el atuendo ideal para acudir a una cita con un duque casadero.

—Podemos ir al bar de aquí al lado...

—Se lo agradezco mucho.

Sentí que su agradecimiento era verdadero, sentí que sabía perfectamente lo que implicaba esa conversación para mi propia vida y mi futuro. Supongo que por eso me relajé un poco. Por eso y porque el duque de Fleurus me abrió la puerta de la farmacia con unas maneras tan refinadas y galantes que yo, por un instante, llegué a creerme que me dirigía a una fiesta en el Palacio de Fontainebleau con mis chapines de rubíes, mis gorgueras, mis bullones, mi jubón y mi corpiño...

Entre las azucenas olvidado

Y así estuve, fantaseando con que era una seductora marquesa paseando junto al más apuesto de los duques, hasta que Estrella, la dueña del bar Estrella, una mujer de mediana edad —y soy así de vaga porque ella jamás ha desvelado su edad, y yo realmente no sabría decir si tenía cuarenta o cincuenta y cinco—, se cargó el hechizo. Era imposible creerse una marquesa de otra época en un bar de bravas, calamares, futbolines, partidas de mus y tragaperras, y más con la dueña levantando los pulgares y ladrando un interminable: «¡guau!» porque me había visto llegar con un chico guapo.

Menos mal que en el bar no había nadie. Tan solo un chino que echaba desganado monedas en la tragaperras. Aun así, huí hasta la última de las mesas donde nos sentamos, pero de nada sirvió. Al momento, Estrella llegó dispuesta a enterarse de todo.

—Boticaria, ¡qué bien te veo!

Después, me guiñó varias veces su ojo pésimamente maquillado con tres kilos de rímel y dos toneladas de sombra azul pitufo. La sombra hacía juego con su vestido corto de lycra de tres tallas menos y el pañuelo que se había puesto en el pelo a modo de diadema como Madonna en los ochenta.

—Sí —masculló.

—Me gusta que me traigas tan buena compañía... —Estrella, que se metía el *¡Hola!* en vena, ¿habría reconocido ya al duque?—. Aunque podías haberme avisado y habría ido antes a la *pelu*.

La verdad es que le hacía falta peluquería porque con el calor se le había puesto el pelo más estropajoso que nunca. Aunque yo tampoco debía de estar mucho mejor. Después de los tres minutos que habíamos caminado al sol, me notaba el pelo pegado al rostro y los goterones de sudor se deslizaban hasta mis tobillos. El duque, en cambio, ni transpiraba.

—Yo estoy igualmente encantado de estar aquí —habló el joven. Luego, se puso de pie y estrechó la mano de Estrella al tiempo que se presentaba—: Soy Hugo D'Argel, un amigo de Eva.

—Ven, dame dos besos si eres amigo —replicó Estrella cogiéndole por los hombros y dándole dos besos sonoros en las mejillas y unas fuertes palmadas en la espalda.

—Es usted muy amable...

—¿Me vas a llamar de usted? ¿No conoces eso de los amigos de mis amigos son mis amigos? —soltó dándole de nuevo otra palmotada en la espalda.

—Lo cierto, Estrella, es que me siento como en casa.

—Pues eso es de lo que se trata. ¡Siéntate, majo! Y ahora, cuéntame un poquito de ti. —Y retiró su fosca melena rubia y mal teñida hacia atrás, dejando ver unos gruesos aros de color fucsia.

Estábamos perdidos. Nos darían las tres de la mañana y allí seguiríamos esperando a que Estrella supiera un poquito del duque.

O eso creía, porque el joven me sorprendió diciendo:

—Voy a venir otra tarde a verte, pero hoy, ¿tendrías la bondad de dejar que comentemos Eva y yo unos asuntos de trabajo? Es que tengo poco tiempo y debo zanjarlos hoy.

—Sí, cómo no. Para mí será un honor que alguien tan

importante venga a mi casa otra vez —replicó llevándose la mano al pecho.

—No soy tan importante —dijo el joven, negando también con la cabeza.

—No seas modesto. ¡Menuda planta tienes! ¡Cómo poco debes de ser el dueño de las aspirinas!

—Otro día vengo y te cuento... —repuso el duque sin perder la sonrisa.

—Me avisas antes para que me dé tiempo a ir a la peluquería y nos hacemos también unas fotos... Mi bar tiene Facebook y Twitter.

—¡Me parece estupendo!

—Ahora ¿qué queréis para tomar?

—Una Coca-Cola, por favor —pedí resignada.

—Yo quiero lo mismo también, si eres tan amable...

Estrella se marchó para mi alivio, si bien el duque parecía hasta que se lo estaba pasando bien.

—¡Me gustan estos bares de barrio! —exclamó, mientras contemplaba el bar de Estrella con la misma fascinación que si fuera una obra de arte de las que atesoraba.

—Me alegro...

—Tienen mucho sabor y luego la dueña no puede ser más auténtica.

—Si no la llega a parar, le habría hecho un buen tercer grado.

—Otro día...

—¡Qué valiente!

—Me siento bien aquí.

Al momento, Estrella regresó con las bebidas y una ración de mollejas. ¡Horror!

—Ya sé que no son horas —explicó—, pero no quiero que Hugo se marche de aquí sin probar mis renombradas mollejas.

Yo no sabía dónde meterme, si bien el joven soltó todo agradecido:

—¡Qué detalle, Estrella! ¡Muchísimas gracias!

Es lo que tenía ser un hombre de mundo: no se escandalizaba por nada. Sin duda, el duque habría actuado con la misma gentileza si le hubiesen ofrecido hormigas fritas en una tribu perdida en la selva o un canapé deconstruido en alguna fiesta de postín.

—Te las traigo con mucho cariño...

—Con el mismo cariño, me las comeré.

—Bien, pues os dejo. Luego me dices qué te parecieron —comentó señalando las mollejas al tiempo que levantaba sus cejas, en forma de paréntesis, pintadas con un fino lápiz marrón.

Estrella volvió a la barra, desde donde no nos quitó ojo, y el duque decidió ir al grano:

—¿Por qué abandonó la investigación de su tesis?

—No abandoné —mentí dando un sorbito a mi bebida.

—Ya sé que acabó presentando su tesis, pero su trabajo no refleja lo que usted estaba investigando. Como bien me ha dicho antes, esa tesis es un refrito de los trabajos de Alonso de Almela y L'Hermite.

—Es que después de lo que aportaron ellos, le repito que no hay mucho más que añadir.

—Usted sabe perfectamente que la historia de la Boti-

Entre las azucenas olvidado

ca está por hacer. Apenas se sabe nada de los boticarios, los destiladores, los médicos, los jardineros...

—No piensa igual la catedrática de mi departamento.

—Usted empezó investigando a fray Francisco de Bonilla, el fundador de la Botica del Real Monasterio de El Escorial.

—Es un personaje muy interesante, mitad sabio, mitad alquimista.

—Tenía un carácter endiablado. Solo contenía sus ataques de ira ante el rey, la única compañía humana que parecía que disfrutaba. —El duque hablaba del fraile Bonilla como si hubiese comido con él—. Aunque quizá fuera todo puro disimulo, la ambición de Bonilla tampoco tenía límites.

—Me parece que usted sabe muchísimo más que yo.

Llegados a ese punto de la conversación, me relajé. Concluí que el duque debía de ser un fanático de la farmacopea filipina a la búsqueda de información, sin más. Lerena le debía de haber dado mi nombre en algún Congreso de Historia de la Farmacia, como mero dato anecdótico. No tenía nada que temer.

—Bonilla estuvo al frente de la botica desde sus inicios y luego participó junto a Giovanni Vicenzo Forte, al que casi vuelve loco —precisó Hugo—, en 1585, en la construcción del edificio donde se instaló el laboratorio de destilación.

—Así fue. —Liberada del miedo, ya me animé. Si mi acompañante quería hablar de la Botica escurialense, iba a tener dos tazas bien llenas—: Las obras terminaron al año siguiente, dos plantas y un sótano.

—En la planta superior estaba el destilatorio de Mattioli y el que creó Diego de Santiago.

—Sí, y en la planta baja había dos espacios para destilaciones, uno para prensas y morteros, otro para hornos y, finalmente, otro para quintaesencias. El rey potenció lo que se conoce por alquimia —el duque seguro que todo esto lo sabía, pero me hacía tanta ilusión hablar de farmacopea del XVI en un bar que me arriesgué a aburrirle—, es decir la investigación de la transmutación de los metales, para lo que trajo a metalúrgicos y mineros alemanes, y alquimistas de todas partes; la búsqueda de la piedra filosofal; y las destilaciones orientadas a la elaboración de nuevos medicamentos.

Pero no le aburría porque con los ojos más brillantes que nunca, con una mirada ilusionada y voraz, el duque concluyó:

—Y se hicieron extraordinarios hallazgos…

—Están perfectamente descritos los destilados que se lograron y las plantas que se utilizaron por Jean L'Hermite, así como por Juan del Castillo, que detalló con suma minuciosidad los aceites destilados que se obtuvieron.

—Pero usted sabe que cuando Felipe II contrata a Giovanni Vicenzo Forte lo hace con la intención, como consta en la documentación, de: *fare un quinta essentia simple, secondo l' ordine de Raymundo Lulio*.

—Ya se lo he dicho, buscaban la quintaesencia —respondí con la jactancia de la que conoce las respuestas.

—La de Rupescissa, más que la de Lulio…

—Sí, lo que buscaban era esa sustancia original de la que provenían todos los elementos.

Entre las azucenas olvidado

—Paracelso lo llamaba alcaesto...

—Y los alquimistas, la piedra filosofal, esa que transformaría los metales en oro y que crearía el elixir de la vida. Ya sabe, como el oro era inmortal si se obtenía un método para lograr el oro a partir de otros elementos, también se conseguiría la inmortalidad.

Me sentía muy segura pisando por terreno más que trillado, pero más seguro se mostró el duque cuando replicó:

—Y se consiguió en El Escorial...

—No. —De súbito, me enderecé y palidecí.

—Fray Benito Gutiérrez, uno de los jerónimos discípulo de Bonilla, lo logró y usted lo sabe.

Yo sabía y no quería saber. Por eso respondí:

—Fray Benito era un místico. Lo que hablan las crónicas es que logró la alquimia espiritual, una suerte de perfección y purificación personal a través de la oración y el silencio.

—Entonces, ¿cómo explica esto?

El duque me miró desafiante, cogió un tenedor y se lo clavó con fuerza en su otra mano. Después, lo sacó y los tres pequeños agujeros que se habían abierto en su mano *ipso facto* se cerraron. Creo que fue en ese momento cuando me desvanecí...

El duque me invita a navegar

CAPÍTULO 2

Cuando abrí los ojos, estaba tumbada en el suelo en la cocina de Estrella, con un trapo húmedo en la frente y las piernas apoyadas en un taburete. El duque me abanicaba con el *Marca* y Estrella sostenía mi mano.

—Ya vuelve en sí —dijo Estrella apretando fuertemente mi mano—. ¡Qué susto nos has dado!

—Ha sido por el calor. Apenas he bebido agua hoy —repliqué con los ojos todavía cerrados.

—Pues muy mal hecho.

Estrella se dirigió a uno de los congeladores y sacó una botella de agua de litro y medio.

—No te vas de aquí hasta que te la bebas.

—De acuerdo —asentí, cogiendo la botella.

—Y ahora voy a llamar al médico también para que te examine.

—No hace falta. Ya estoy bien. Ha sido una lipotimia por el calor y la deshidratación.

—¿Seguro? —preguntó el duque, al que no me atrevía ni a mirar.

Entre las azucenas olvidado

—Le garantizo que estoy perfectamente.

—No. Tú no estás bien —dijo ella moviendo su dedo índice coronado por una uña de porcelana con incrustaciones de frutitas tropicales—. ¿Por qué no tuteas a Hugo? ¡Es tu amigo!

—Cuando hablo de trabajo con mis amigos, los llamo de usted.

—¡Mira que eres rara!

Me quité el trapo de la frente y me puse en pie. Quería salir de allí cuanto antes.

—Tómate el agua antes de irte —me ordenó Estrella.

—Sentémonos fuera, que se está más fresco —sugirió Hugo.

—Yo me tengo que ir a trabajar —solté, poniendo mis pelos revueltos en su sitio.

—¡Pero si no hay un alma en la calle! Haz caso a tu amigo y siéntate un poquito.

—Tenemos además que acabar de tratar unos temas... —intervino el duque, que no iba a dejarme marchar así como así.

—¡Vas a poner a trabajar a la muchacha! —protestó Estrella.

—Estoy bien, de verdad, Estrella. Venga, volvamos afuera y terminemos cuanto antes esos asuntos.

Yo no pensaba decir nada, entre otras cosas porque no sabía absolutamente nada. O casi nada. Pero el duque tampoco tenía pensado darse por vencido:

—Usted sabe que fray Benito lo encontró —dijo ya sentados otra vez en la mesa y con la mirada más inquisitiva y escrutadora que jamás había conocido.

—Solo sé de fray Benito lo que relatan las crónicas y las crónicas no hablan de que encontrara nada.

—La muerte en extrañas circunstancias.

—Posiblemente fue envenenado.

—Fue envenenado —dijo con la misma convicción con la que se dice: «soy del Barça o soy de Carabanchel».

—Que yo sepa, no hay ningún estudio que confirme esa hipótesis...

—Ni nunca lo habrá. Todo el que se acerca a la Torre de la Botica sale huyendo despavorido, como usted.

—Aparte de llamarme cobarde, ¿tiene algo más que decirme?

—¿Qué opina de lo del tenedor?

No quería opinar. No quería pensar. Los misterios, cuando suceden, solo deben observarse con escepticismo y de lejos.

—¿No tendrá pensado volver a repetir el numerito?

—Encontró los diarios de fray Benito, por eso no le sorprende nada.

—Lo mejor será que dejemos aquí la conversación.

Yo solo quería olvidar, olvidar a fray Benito y al hombre que se trinchaba la mano y no sangraba. Y para hacerlo, necesitaba volver a mi rutina cuanto antes. Me puse en pie, pero el duque me retuvo. Me cogió del brazo con su mano larga y fuerte y me miró, vulnerable, tal vez vencido. Entonces, dijo:

—Deseo morir.

—Y yo deseo vivir —repliqué liberándome de su mano.

—Conmigo está a salvo. Puedo protegerla.

—¿Como quería protegerme Francesca de Lerena?

Entre las azucenas olvidado

—Yo no soy como ellos. No soy un Bisonte.

—Me da igual lo que sea —dije arrimando la silla a la mesa.

El duque se puso en pie y me susurró al oído:

—Ayúdeme a encontrar la fórmula para escapar del tormento en el que vivo. Solo usted puede hacerlo.

Me estremecí por completo, pero yo no podía ayudarle.

—Si supiera cómo hacerlo, me ganaría la vida trinchándome tenedores en la espalda.

—Llegó lo suficientemente lejos como para que Francesca de Lerena fuera a su casa en persona a hacerle una tentadora propuesta.

Lo recordaba perfectamente. Una mañana de mayo por la tarde apareció en mi casa Francesca de Lerena con su traje rojo de Chanel y unos tacones altísimos. Mi madre entró en mi habitación emocionadísima porque en el salón estaba la dueña de los Laboratorios Lerena dispuesta a ofrecerme un trabajo de directora de departamento de investigación en Nueva York.

—¿Cómo se te ocurre meter en casa a una extraña? —susurré indignada.

—¿Tú has visto la pinta que tiene esa señora? ¡Además, viene acreditadísima! Me ha enseñado su pasaporte, documentos oficiales de los laboratorios... Dice que van buscando talentos por Europa y que tú eres uno de ellos.

—Ya, y luego te colocan dos toneladas de enemas, el robot de cocina y un viaje a Canarias de regalo.

—Verás como no.

—Estoy harta de que abras la puerta a todo el mundo

y luego yo tenga que quitarte de encima a los vendedores.

—Si no fuera por mi política de puertas abiertas, dime qué vida social tendrías...

—Eso es cierto.

—Además, la señora que hoy está en el salón no vende nada. Hazme caso. Esta mujer tiene mucho estilo y sabe de lo que habla. Puede ser una gran oportunidad para ti. Así que vístete de investigadora y sal a atenderla.

—¿Y cómo me visto de investigadora? —le pregunté perpleja a mi madre.

—Ponte la bata blanca.

—¿Cómo voy a estar con la bata blanca en casa?

—¿No tienes algo que recuerde a la bata blanca?

—No. Tengo la bata blanca.

—Yo tengo un vestido abotonado...

—¿El verde? Estoy en mi casa, no en *Mogambo*.

—Mira, haz lo que quieras —replicó dándose por vencida.

Y yo por supuesto que hice lo que quise. Aparecí en el salón tal y como estaba, con unas mallas arrugadas y una camiseta blanca tres tallas mayor.

Francesca —una mujer de unos cincuenta años muy bien llevados, altísima, con media melena abundante y rizada, de rostro con carácter, ojos marrones enormes, nariz aguileña, boca gruesa cubierta de *rouge*, curvas por todas partes y un olor a perfume carísimo que inundó la habitación— me miró de arriba abajo, concluyó que no le duraría ni un asalto y me tendió la mano con una sonrisa gélida:

Entre las azucenas olvidado

—Soy Francesca de Lerena, la dueña de los laboratorios Lerena. ¿Nos sentamos? —preguntó con un ligero acento italiano.

—Es que estaba estudiando, mañana tengo un examen. Preferiría...

—*Menzognera*. No mientas —me interrumpió, severa, con los labios apretados.

—¿Perdón?

—No me gustan las mentiras. No tienes ningún examen, estás con la tesis, hace tres días escribiste que «fray Benito Gutiérrez descubrió algo enorme, razón por la que murió en extrañas circunstancias...» y lo dejaste ahí, hasta esta mañana que has borrado esa frase.

—¿Me espían?

A pesar de que sabía que no se puede esperar nunca nada bueno de una industria que busca en el dolor ajeno el beneficio y la rentabilidad, no daba crédito a lo que acababa de escuchar.

—Te tenemos monitorizada desde que empezaste con la tesis. En los laboratorios estamos muy interesados en el tema de la farmacopea escurialense. Nos enteramos de que tú lo estabas investigando y accedimos a ti.

—¿Y ahora qué quiere?

—Quiero saber por qué no has vuelto a escribir ni una coma desde hace tres días.

—Estoy cansada.

—Te he dicho que no me gusta que me mientan. Has descubierto algo de fray Benito y no sabes cómo gestionar el hallazgo —dijo dando unos pasos hasta situarse a tres centímetros de mi nariz.

Pero no consiguió intimidarme y aún sigo sin saber por qué. ¿Fue fray Benito el que me infundió la fuerza?

—No he descubierto nada, todo ha sido producto de mi imaginación. Estaba agotada y desvarié. Escribí esa tontería...

—¿Estás segura? —preguntó mientras se agachaba para buscar algo en el maletín negro que llevaba.

—Sí.

Francesca de Lerena sacó entonces una jeringuilla del maletín para darle más emoción a nuestra conversación:

—Tengo un veneno letal en esta jeringuilla. Si sigues mintiéndome me vas a obligar a hacer algo que no quiero —anunció esgrimiendo su arma al tiempo que se acercaba a mí con parsimonia.

—Habría sido más eficaz un suero de la verdad.

—*Che stupida che sei.*

—Lo suficientemente estúpida como para saber que las directoras de los laboratorios no ponen inyecciones.

—*Ma che stupida che sei.*

—Ni va a arriesgarse a perder a alguien que puede tener información relevante, ni le interesa tener dos muertas a sus espaldas, porque también tendría que cargarse a mi madre. ¡Y eso sería una publicidad tan nefasta para sus laboratorios...!

—*¡Stupida!* —exclamó tirándome del pelo con rabia.

—¿No conoce más insultos que ese? —protesté dándole una patada en la espinilla.

—¡Suelta a mi hija! ¡Malvada!

Los insultos de mi madre, que en ese instante irrumpió en el salón, también dejaban mucho que desear.

Entre las azucenas olvidado

—Quédese quieta o me cargo a su hija —amenazó colocando la jeringuilla a milímetros de mi cuello.

Mi madre entonces cogió uno de los trofeos de mus de mi padre de la estantería que tenía al lado, concretamente uno de ocho kilos de base marmórea con una baraja abierta bordeada por un laurel pinchudo de metal, y lo estampó contra la cabeza de la dueña de los laboratorios farmacéuticos.

Francesca cayó redonda al suelo. Un hilillo de sangre bajaba por su sien...

—¡La he matado! —dijo mi madre santiguándose.

—¡A quién se le ocurre coger el trofeo más tocho!

—¡Tú no sabes lo que duele una hija! ¡No iba a permitir que te matara delante de mis narices!

—¡No iba a hacerlo!

—¿Pero la he matado?

Cuando estaba a punto de comprobar si tenía pulso, Francesca se incorporó como si nada, ya ni tenía sangre en la sien. Su herida había desaparecido...

—Pero, ¡qué cabeza más dura tiene esta mujer! —exclamó mi madre, feliz y extrañadísima de que estuviera viva.

—Te voy a arruinar la vida —espetó Francesca recién resucitada mientras se alisaba la falda.

—¡No vuelva a amenazar a mi hija!

—No es una amenaza, es un hecho. Jamás trabajarás en ningún laboratorio —gritó señalándome con el dedo—. Olvídate de ejercer como farmacéutica.

Mi madre alzó otra vez el trofeo de mus y chilló:

—¡Váyase de mi casa!

—Podías haberlo tenido todo —dijo Francesca mirándome con desprecio—. Iba a ponerte un cheque en blanco. Pero tú ya has decidido: te quedas con tu vida pequeña, en tu mundo mediocre.

—¡Y a mucha honra! —replicó mi madre.

—Te estaremos vigilando...

—Aquí les esperamos —repuso mi madre, blandiendo de nuevo el trofeo.

Y Francesca y sus laboratorios desaparecieron de mi vida. Yo abandoné la investigación sobre fray Benito, me centré en hacer un buen refrito de lo publicado sobre la Botica escurialense, y al poco de presentar la tesis encontré trabajo en la farmacia de Lily.

Si bien cuando creía que estaba todo más que zanjado, que tenía mi vida perfectamente encauzada por la senda de la normalidad, aparecía de nuevo uno de ellos para amargarme la fiesta. Porque estaba claro que Hugo D'Argel estaba relacionado con Francesca de alguna forma...

—¿Su amiga Francesca no se atreve a venir a verme? —le espeté.

—¿Mi amiga? ¡Detesto a esa mujer!

—Espere, que voy a hacer como que me lo creo.

—Por favor, créame.

—¡Déjenme en paz! Ya les dije en su día que no sé nada y hoy se lo vuelvo a repetir.

—Le repito que no soy como ellos. Yo formo parte de un contrapoder que quiere derrocarlos.

¿Derrocarlos? ¿A quiénes? ¿Y un contrapoder formado por quién? Qué más daba. Lo mejor era no saber y que mi vida siguiera transcurriendo por meandros previsibles.

—Pues que tenga mucha suerte —solté con desdén.

Entre las azucenas olvidado

Y cuando estaba a punto de largarme de allí, dejando al duque con la palabra en la boca, de nuevo, me retuvo con su mano grande, cálida y ancha:

—Francesca tomó el elixir de fray Benito, como yo, en 1597.

Suspiré. Solo sabía que no quería saber, así que le exigí:

—Suélteme, por favor.

Y a todo esto, ¡qué grande era! ¿Cómo podía ser tan alto un tío del siglo XVI? ¿O tal vez el elixir los hacía seguir creciendo? Decidí dejarlo ahí porque no quería acabar con un trastorno mental grave. Solo quería volver a mi vida, si el plasta del duque me dejaba en paz de una vez.

—Me niego a ser como ellos. ¡Ayúdeme! —suplicó el duque.

—¿Y acabar muerta como fray Benito?

—¡Entonces sabe algo!

—Anda que no es usted cansino...

—¿No quiere ayudar a la humanidad?

—¿A qué?

Lo reconozco, apeló a la samaritana que llevo dentro y surtió efecto. El duque se puso muy serio y escuché sin apenas parpadear:

—Desde hace quinientos años, trescientas familias dirigen los destinos del mundo, son dueños de las corporaciones que controlan gran parte de los recursos, lo controlan todo. Usted ha sido testigo de lo que son capaces cuando una persona se enfrenta a ellos: lo mismo hacen con los negocios o con los países que se niegan a someterse a sus dictados.

—De verdad, no me interesa —dije expectante, sentándome otra vez en la silla.

—¿No le interesa saber que un grupo denominado los Bisontes formado por flamencos, venecianos, genoveses, franceses, ingleses y alemanes enemigos de Felipe II se hizo con el elixir de la vida que fray Benito descubrió en El Escorial y que desde entonces poseen las riendas del mundo?

—No.

Estaba haciendo lo mismo que cuando veía películas de terror y me tapaba la cara con las manos en determinadas escenas para no verlas, pero siempre acababa viéndolo todo a través de los dedos.

Hugo D'Argel se sentó de nuevo a mi lado y siguió:

—Son los dueños de multinacionales, de compañías de seguros, de farmacéuticas, de petroleras, de alimentarias, de industrias armamentísticas, del tráfico de drogas, de medios de comunicación, de bancos... Controlan el sistema bancario y el comercial a través de su poderosa influencia en instituciones como los bancos centrales, el FMI, el Banco Mundial o la Organización Mundial de Comercio. Poseen miles de millones de dólares y quieren el mundo para ellos solos.

—¿La crisis es culpa de ellos? —pregunté con cierto titubeo por el miedo a una respuesta que era fácil de deducir.

—¡Llevan siglos provocando crisis! Llevan quinientos años prestando dinero que no existe y cobrando un interés por él. ¡Es su especialidad! Y ahora son más virulentos que nunca porque somos demasiados en el planeta y no

Entre las azucenas olvidado

hay recursos para todos. Su objetivo es liquidar el progreso y el crecimiento por medio de una sofisticada ingeniería financiera que crea de forma artificial recesiones y depresiones económicas.

—¿Y no se puede hacer nada para detenerlos? —Era otra pregunta peregrina. ¿Quién detiene a un poderoso?

—La única vía es que haya más democracia. Más y mejor. Entretanto, dentro de los Bisontes, hay un pequeño grupo disidente del que formo parte que lucha con denuedo para contrarrestar su poder.

—Sin mucho éxito... —Que tampoco presumiera mucho de grupo subversivo, porque el mundo estaba hecho unos zorros, pensé.

—¿Le hago un repaso de todas las guerras que tenían que haberse librado y que ni siquiera comenzaron? ¿De los tratados de paz? ¿De las conquistas sociales?

—Pero ahora no están haciendo mucho... —insistí.

—Seguimos trabajando, pero somos pocos. Y cuando pedimos colaboración, la gente suele optar por el cuestionamiento de lo obvio, la inacción, la insolidaridad y, en suma, el miedo.

—A mí no me mire. Tengo razones más que justificadas para tomar ciertas precauciones en lo que respecta a sus amiguitos Los Búfalos.

—Los Bisontes.

—Francesca de Lerena me puso una jeringuilla envenenada en la yugular.

—¿Qué esperaba después de escribir «fray Benito Gutiérrez descubrió algo enorme, razón por la que murió en extrañas circunstancias?»

—¿Usted también vulnera el derecho a la intimidad?

—Fue mi hermana Laura la que accedió el otro día a los archivos de Francesca a cambio de que la lleve este sábado a una fiesta en el Ushuaïa, pincha David Guetta. ¿Por qué no viene y así nos conoce? He invitado a otros disidentes...

—Disidentes marchosos. Qué fauna. Pues no. Gracias. No salgo de noche.

—Pues venga por la mañana...

—¿Adónde?

—A Ibiza.

—¿El *Sumsala* ese está en Ibiza?

—¿No lo conoce?

Negué con la cabeza al tiempo que confirmaba que era una chica con muy poco mundo.

—Venga a navegar con nosotros mañana... Tráigase a Estrella, así se sentirá más segura.

—No creo que sea una buena idea.

—No tome ninguna decisión hasta que nos conozca. Le doy mi palabra de que no habrá jeringuillas, palillos en las uñas, música hortera ni ninguna otra forma sofisticada y moderna de obtención de información.

—La música hortera me gusta.

El duque sonrió y dos maravillosos surcos marcaron su rostro. Tenía unos dientes perfectos, Lily tenía razón. Y en su caso tenía más mérito porque eran unos dientes tan antiguos como El Escorial. ¡El encanto de lo clásico! Era imposible resistirse a Hugo D'Argel, era bello como una escultura de Mirón, elegante como un retrato de Boldini y cercano como un bar de mollejas y tragaperras. El símil

Entre las azucenas olvidado

del bar era un poco extemporáneo, pero asaltó mi mente porque de nuevo Estrella se acercó a nuestra mesa para recordarme que:

—¡No estás bebiendo agua!

—Gracias. Tienes razón —reconocí mientras vertía el agua en el vaso.

—Estrella —dijo el duque—, estaba comentándole a tu amiga que me encantaría que vinierais este sábado a navegar con unos amigos y conmigo por Ibiza.

—¿Eso es una invitación?

—Por supuesto.

—¡Nos falta tiempo! ¿Verdad, Eva? ¡Dónde nos vamos a ver nosotras en una de estas! —exclamó frotándose las manos.

El agua que estaba bebiendo se me atragantó. Y tosí. Tosí muchísimo.

—¡Vaya día que llevas, hija mía! —gritó Estrella dándome unos golpecitos en la espalda.

—Pero, Estrella, tú no puedes cerrar el bar —hablé ya recuperada del atragantamiento.

—¿Por qué no? —replicó ella.

—No te coges vacaciones desde 2008...

—Pues razón más que suficiente para que se tome un fin de semana libre —intervino el duque, tan manipulador como el más maquiavélico de los Bisontes.

—¡Ya me toca disfrutar un poquito! ¿No os parece?

—Nos vemos mañana entonces —concluyó el duque, quien apuntó su mail y su teléfono en una servilleta y se lo pasó a Estrella—. Esta noche llámame o escríbeme un mail y concretamos...

Su estrategia era obvia pero efectiva: recurriendo a Estrella se aseguraba de que yo acudiría a la cita, porque obviamente de haberme dado a mí la servilleta, jamás le habría llamado o escrito. O sí. Tal vez otro día. Cuando hubiera digerido todo bien. O sea, tal vez nunca.

—¡Genial! ¡Nos lo vamos a pasar teta! Muchísimas gracias, Hugo. Eres el tío pijo más enrollado y menos estirado que he conocido en mi vida.

—Espera a que me conozcas mejor...

—Prefiero que no. Que si te conozco mejor, igual me enamoro. ¡Y yo ya tengo marido! ¡Mejor dedícate a que te conozca Eva! ¡Está soltera!

—¡Como yo! —replicó el duque muy divertido.

—Oye, pues hacéis buena pareja —soltó Estrella juntando los dedos índices de sus manos—. Eva parece un poco siesa, pero luego una vez que se relaja es la mar de simpática.

Me dio pánico solo de pensar en el fin de semana que se me venía encima...

Con el duque en Ibiza

CAPÍTULO 3

Regresé a la farmacia y le conté a Lily lo sucedido, aunque no le dije toda la verdad. Lo de fray Benito y los Bisontes por supuesto que no se lo conté. Por eso, concluyó:

—Sigo sin entender qué es lo que quiere el duque de ti...

Lily tenía inteligencia más que de sobra para percatarse de que había algunas lagunas en la exposición de los hechos. Pero yo, ¿qué podía hacer?

A pesar de que Lily era mi confidente y mi amiga, no me quedó más remedio que recurrir a la mentira. Tragué saliva, me armé de valor y dije:

—Yo tampoco, así que para averiguarlo he decidido ir a Ibiza con Estrella.

Lily me miró con sus ojos castaños, más comprensivos y generosos que nunca, y respondió:

—Si tú lo dices... Pero solo respóndeme a una cosa: ¿llegaste a descubrir algo de fray Benito?

—¿Fray Benito? —pregunté extrañada.

No recordaba haber comentado nada de fray Benito ja-

Entre las azucenas olvidado

más con Lily. De hecho, cuando la conocí en la facultad ya había decidido abandonar esa línea de investigación y durante la conversación con el duque en la farmacia tampoco lo había mencionado.

—Me lo contaste una vez —susurró abochornada, como si estuviese revelando un secreto inconfesable.

—No recuerdo...

—Fue cuando lo dejaste con Arturo, tu madre se había ido a ver a la prima de Benidorm y tú estabas sola.

Arturo, un novio maravilloso. Bueno, perseverante y servicial tanto conmigo como con todos los parientes por los que velaba veinticuatro horas al día: sus padres con sendas cardiopatías, sus cuatro abuelos con demencias seniles, una tía obesa, dos primas discapacitadas, tres vecinas ancianas a las que les hacía la compra y su perro ciego. Apenas nos veíamos, vivía entregado a ellos, por lo que yo me sentí la persona más vil y despreciable del planeta cuando decidí dejarle.

—Sí, pero no me acuerdo de que...

—¡Te bebiste una botella de pacharán!

—¿Tanto?

Lily asintió.

—De verdad que se ha borrado de mi mente...

—Me dijiste que habías descubierto unos papeles de fray Benito en una colección privada que contenían algo muy gordo.

—¡Dios mío! No sabía que tengo tanto peligro cuando bebo. Menos mal que bebo solo en Nochevieja y con mi madre al lado, que se queda frita a las doce y cinco. De cualquier forma, has hecho bien en decírmelo por lo que pueda pasar: no pienso probar ni una gota de alcohol cuando esté en Ibiza.

—Ten cuidado. Posiblemente, lo que el duque quiere saber de ti es eso tan gordo que descubriste.

—No descubrí nada —dije clavando la mirada en el suelo y con un hilillo de voz porque, obviamente, estaba mintiendo—. Los papeles recogen las reflexiones del fraile sobre una serie de obras, impresiones sobre su trabajo diario y poco más. Lo único que pudiera tener cierto interés son las anotaciones que hizo el día antes de morir, algo que no deja de ser una mera anécdota: una mención a su perro a la que adjuntó el manuscrito apógrafo de *La noche oscura del alma* de San Juan de la Cruz.

—No debe de ser una mera anécdota cuando tienes a gente tan importante detrás de ti.

Tenía razón. En sus anotaciones, fray Benito reflejaba su labor diaria con vasos y redomas, y con las destilaciones de plantas, flores, semillas y raíces, con los que elaboraba medicamentos, perfumes y licores. Pero un día debió de descubrir algo prodigioso que le hizo apuntar con letra trémula: *tengo la sustancia primera*. Tres días después escribió: *Canelo ya es como Janto*. Canelo era su perro, un mastín, que seguiría pululando por el mundo con su inmortalidad a cuestas, como Janto, el caballo inmortal de Aquiles. Lo terrible es que al día siguiente de anotar lo de Canelo fue cuando fray Benito murió en extrañas circunstancias. Las casualidades no existen.

Respecto al manuscrito apógrafo de San Juan de la Cruz, yo llevaba años estudiando si en él se encontraban las claves que conducían al elixir de la inmortalidad, si bien hasta ese momento mis investigaciones clandestinas no habían dado ningún resultado.

Pero, ¿cómo iba a contarle a Lily todo eso? ¿Cómo explicarle que no solo había un perro inmortal por el mundo, sino que también existían otros trescientos tíos que llevaban quinientos años haciéndonos la vida imposible? Por su seguridad, porque se pasa mucho miedo cuando una italiana de quinientos años te pone una jeringuilla en el cuello, decidí que era mejor que no supiera nada...

—Por eso voy a ir a Ibiza, para dejarle claro de una vez por todas que no poseo la información que busca.

—Ojalá sea así —me replicó preocupada.

Era para preocuparse, Estrella y yo estábamos a punto de meternos en la boca del lobo, aunque fueran los lobos más buenos de la manada.

Afortunadamente, mi amiga Estrella vivía ajena a todo: estaba feliz...

Al día siguiente de lo sucedido en el bar, se presentó en la terminal del aeropuerto con un vestido de flecos de crochet blanco, zuecos de madera con plataforma, pamela negra, gafas enormes y unos más enormes todavía pendientes amarillos de plástico.

—Me he inspirado en los *looks* playeros de Alessandra Ambrossio —me susurró—, incluso llevo el bikini puesto para no perder ni un segundo de tiempo. Va a ser un *finde* de muerte...

—Lo veo difícil... —Íbamos a navegar con un grupo de inmortales.

—Desde luego, si vas con ese espíritu...

—No te preocupes, durante el vuelo me transformo.

—Yo creo que le gustas a tu amigo —dijo moviendo sus cejas pintadas de aquella manera por encima de las gafas.
—Te equivocas.
—Con poquito que pongas de tu parte, te lo ligas...
—Yo es que no quiero ligar.
—Perdona. Se me olvidaba que tú —dijo señalándome con su uña de porcelana con incrustaciones de anclas— lo que esperas es que venga el príncipe con un zapato espectacular y que encima no te apriete.
—¿Y qué hago con un zapato solo?
—Ya me encargaré de que no hagas el panoli. ¿Te has traído ropa chula?
—He metido un par de cosas.
—¿Habrás metido al menos un bikini sexy? Uno de triángulos pequeñitos y tanga, como el que yo llevo...
—Es un bikini normal.
—Tienes que potenciar más tu físico. El tanga es fundamental para eso. Así no te casamos, Evita. Así no... Pero ya estaré yo ahí a tu lado para echarte un cable —dijo dándome un codazo.
Sin embargo, Estrella no pudo estar ahí para echarme ningún cable porque a los cinco minutos de travesía por aguas mediterráneas empezó a sentirse mal. Fatal. Tanto que se pasó el fin de semana metida en uno de los estupendos camarotes del *Olimpia III*, el yate del duque.
El barco, que se construyó en los setenta en un astillero francés, era una preciosidad de cuarenta metros de eslora decorado con sobriedad y elegancia en tonos blancos y ocres.
—No estoy hecha para estas pijadas —concluyó Estre-

Entre las azucenas olvidado

lla nada más salir del cuarto de baño, descompuesta, después de vomitarlo todo.

—Se te pasará en un rato, ya verás —repliqué mientras ella se colgaba de mi brazo.

—Tú no te preocupes por mí. Como si no estuviera. ¿Has visto cómo te ha mirado Hugo cuando hemos llegado?

—No. ¿Cómo?

—Se le ha puesto cara de tonto. De ilusión. De esperanza.

—Es que piensa que soy su esperanza para solucionar... un asunto profesional que le trae loco.

—Pues tú de trabajo no hables. Tú a pasarlo bien. ¿Has visto qué baños tiene este invento del maligno? Son divinos y tienen televisión por satélite en pantalla de plasma y toalla con la inicial bordada del barco. ¡Cómo cuidan los detalles estos tíos *millonetis*! ¡Qué pena no poder disfrutar de nada porque todo me dé vueltas!

—Túmbate en la cama.

Mi amiga se sentó en la gran cama de matrimonio de un amplísimo dormitorio con un sofá de cuero beige, muebles de diseño de madera de roble pulida con remates en bronce y ónix, y un cuadro blanco de Robert Ryman.

—Ni sentada deja todo de darme vueltas... Lo que no quita para que siga flipando: ¿has visto qué pedazo de tele de plasma tienen también en el dormitorio? ¡Y qué ventanales con vistas al mar! Un tío de estos te trae aquí y a poco que folle bien, sales enamorada...

—Túmbate, que estarás mejor.

Estrella me hizo caso, luego me cogió de la mano y me dio los consejos finales.

—Ahora te plantas en la borda y lo embelesas con tus encantos. Alterna las miradas con intención con las miradas bajas, tócate de vez en cuando el pelo, no dejes de sonreír y susurra cada dos por tres.

—No voy a ser capaz de recordarlo todo.

—Seguro que sí —dijo dándome unos golpecitos en la mano.

—De todas formas, no he venido a ligarme a Hugo.

—No digas bobadas. Ese chico es perfecto.

—A mí no me va.

—Tienes el gusto en el culo, hija mía. Yo porque estoy cogida que si no... se iba a enterar ese. Con mareos y todo, iba a utilizar todas mis artes de seducción y te digo yo que ese caía rendido a mis pies.

—Seguro que sí.

—Venga, no pierdas más tiempo. Vete con Hugo. He visto que había más chicos en la borda, si no te gusta él, habrá otros...

—Es que te repito que no he venido aquí a ligar.

—Nena, diviértete un poquito —me aconsejó, retirando un mechón de mi pelo detrás de mi oreja—. No te va a pasar nada, al contrario...

—Está bien —repliqué para que me dejara tranquila.

—En la vida todo es más bonito cuando dices sí.

—Sí.

Me costaba tan poco complacerla...

Subí a la cubierta y Hugo D'Argel salió a mi encuentro. A pesar de que el viento de levante removía su pelo y de su

Entre las azucenas olvidado

atuendo informal —llevaba una camisa azul remangada que dejaba intuir un torso perfecto y unos pantalones blancos—, seguía siendo el hombre más elegante que había visto en mi vida.

—¿Qué tal está su amiga?

—Blanca como una tiza y revuelta como... como...

Ni un solo símil me vino a la cabeza, pero él estaba allí para ayudarme:

—Las aguas; revuelta como la de los oprimidos; revuelta como mi inquietud, como mis ganas de que viniera hoy.

—No sé todavía qué hago aquí.

—Hacerme a mí feliz.

—Me temo que ha puesto demasiadas esperanzas en mí.

—Siento lo contrario. Y mis corazonadas nunca fallan. Y ahora, venga, que quiero que conozca a mis invitados.

—Puede tutearme, si se lo permite su antigüedad de siglos.

—A veces, sí. Vamos a la popa, que están allí mis amigos tomando el sol...

Pasamos junto a una mesa larguísima dispuesta ya con una vajilla de colores bajo un toldillo azul y un poco más allá, descansando sobre unos enormes cojines blancos, un grupo de jóvenes guapos y estilosos se tostaban al sol.

Todos me sonrieron menos uno, un joven moreno con pinta de italiano, de mirada dura y corazón escéptico. O eso me pareció.

Después, una joven guapa, morena, de pelo larguísimo, rasgos dulces, ojos azules profundos y sabios, sonrisa luminosa y un bikini minúsculo, me abrazó y me dio dos besos muy cariñosos.

—¡Hola! Soy Laura, la hermana de Hugo.
—¡Encantada!
—Mira, él es Thomas, es de Nueva York, es mi novio...

Un chico pelirrojo muy delgado, de piel lechosa moteada de lunares, de unos veinticinco años, al que el flequillo le tapaba los ojos y el bañador estaba a punto de caérsele, me saludó muy sonriente.

—Ella es Edda... —me dijo Hugo.

Una chica rubia —voluptuosa, de pelo corto, ojos grandes, nariz pequeña, boca fina y rictus muy serio— de aspecto eficaz, resolutivo, indómito y caprichoso, me saludó con la mano.

—Él es Alex...

Alex estaba al lado de Edda, era más bajo que ella, rubio, de rasgos duros, muy atractivo; trasmitía fuerza y confianza. Posiblemente también era la razón por la que Edda estuviera enfadada. Lo deduje porque después de que Alex me diera dos besos, el cuerpo de la joven no solo se tensó mucho más, sino que me dirigió una mirada poco amigable.

—Este es Milos...

Milos era el tío borde con pinta de italiano, alto, de pelo negro ondulado, perfil romano, piel cetrina, cejas anchas, ojos mediterráneos, pómulos marcados, mentón ancho, cuello largo y cuerpo absolutamente firme y armónico.

Milos me dio dos besos sin muchas ganas y al instante volvió a acodarse en la borda para perder su mirada en el mar.

Entre las azucenas olvidado

—Te presento también a Gabriel...

Gabriel era muy alto, espigado, desgarbado, con gafas de pasta negra, pelo semilargo que no dejaba de llevarse para atrás, tímido, nervioso y amable.

Después me presentaron a otras quince personas más que no tenían nada que ver con ellos, no eran de la tribu, eso no lo supe entonces, sino después de tener un aparte con Hugo en la proa, sentados en unas tumbonas de rayas.

—Solo mi hermana, Edda, Milos, Alex y Gabriel son como yo... Todos los demás son afortunados mortales.

—¿Thomas sabe que tu hermana es...?

Inmortal. El mar que se ondulaba sinuoso a nuestra espalda, lo era. El cielo que lucía alegre y despejado, también; pero me costaba tanto asimilar que un humano pudiera dejar una estela perpetua que no podía siquiera verbalizarlo.

—No. A mi hermana los novios no le duran más que tres meses. No tiene necesidad de explicar nada.

—Es una chica encantadora.

—Es la culpable de que estés aquí. Es experta en tecnología, la vieja y la nueva, ningún sistema se le resiste.

—Supongo que no sabe que deseas morir.

—Ni lo imagina. Ella es feliz con la vida que lleva en su perpetua adolescencia. Pero yo no. A mí los amores no me duran tres meses, sino toda una vida. Y yo no puedo más... He enterrado a las mujeres que he amado, a nuestros hijos, a nuestros nietos... Y yo sigo aquí, año tras año, siglo tras siglo, soportando esta maldición que ni siquiera puede aniquilarme.

¿Maldición? Ya me habría gustado a mí ser inmortal en

ese instante en el que Hugo estaba bajo el sol de un día de agosto de casi cuarenta grados, como si hiciera veinte, sin sudar, sin que le quemara el sol, sin gorra ni gafas de sol. Yo en cambio estaba a punto de suplicar que alguien me trajera una sombrilla de ocho metros con aire acondicionado de serie y dieciocho litros de agua. Estaba deshidratada, quemada por el sol y no paraban de caerme goterones de sudor desde el cogote a los pies que casi hacían ya charco. Estaba claro que a él solo podría llegar a entenderle alguien de su especie. Por eso, la siguiente pregunta fue:

—¿Nunca te has enamorado de una de los tuyos?
—No.
—Pero si sucediera y tuvierais un hijo, ¿cómo sería?
—No sería. Solo podemos reproducirnos con mortales. Esa es otra de las razones por las que Francesca te buscó, está loca por ampliar su descendencia inmortal.
—Y tú, ¿por qué te tomaste el elixir? —dije retirándome perlas de sudor de la frente con un clínex, qué digo perlas, pelotas de tenis.
—Yo no lo decidí, fueron mis padres los que tomaron la decisión por mí. Lo vertieron en nuestras copas sin que Laura ni yo supiéramos nada.
—¿No lo habrías tomado por voluntad propia?
—Jamás. Oye, ¿por qué no te quitas toda esa ropa que llevas y te das un chapuzón?

¿Toda esa ropa? Iba bien ligera. Llevaba gorra con visera de medio metro, una camiseta de tirantes, con una cubrecamisa encima, un pañuelo al cuello y unos vaqueros cortos, pero cortos por la mitad del muslo, y no por la ingle como lo llevaban las otras invitadas al barco. Tal vez por eso le parecía que iba con exceso de ropa. Estaba tan acostumbrado a los bikinis minúsculos y a los shorts inguinales... Yo desde luego si algo tenía claro es que no me iba a quedar en bikini, de los noventa además, bajo ningún concepto.

—¡Estoy fenomenal! Corre una brisa deliciosa. —Acababan de fondear el barco y no se movían ni las moscas—. ¡Estoy fresquísima!

—¿Quieres que sigamos conversando mejor en el salón?

En el salón estaba el aire acondicionado tan fuerte que el cambio brusco de temperatura podía provocarme tal descomposición que iba a pasarme dos horas en el cuarto de baño. Debía evitarlo como fuera.

—¡Estoy estupendamente! ¡Quiero empaparme de esta experiencia marinera!

—Yo que tú al menos me quitaba el pañuelo. A ver si te va a dar una lipotimia otra vez.

—No, no. De verdad. Si eso, un poco de agua...

Por caridad. Necesitaba beber toneladas de agua...

—En el barco hay jarras de agua y Veuve Clicquot por todas partes. Si quieres otra cosa, no tienes más que pedirlo.

—Agua, por favor... —supliqué con los labios resecos y una flojera generalizada.

Hugo me trajo un vaso de agua que bebí del tirón y luego retomé la conversación:

—¿Y a qué edad tomaste el elixir? ¿A la que tienes ahora? ¿A los treinta y algo?

—¿Treinta y algo? Es el barco de los setenta que me pone años...

—Es cierto. Cuando entraste en la farmacia no aparentabas más de veintitrés.

—Lo sé —sonrió deleitándome una vez más con su sonrisa perfecta—. Tenía diez años y mi hermana seis cuando pasó. Si tomas el elixir de niño te desarrollas de forma natural hasta que alcanzas tu plenitud física, unos a los veinte, otros a los treinta, y a partir de ese momento, ya no envejeces más. Los que tomaron el elixir de adultos, como mis padres o como Francesca, se quedaron tal y como estaban en la edad que lo ingirieron.

—¿Y medías uno noventa en el siglo XVI?

—Me habría dado en la cabeza con muchas de las arañas que cuelgan en los palacios. No. Se crecen unos cuantos centímetros por siglo partiendo siempre de la altura original de tu plenitud física.

La plenitud física del duque era portentosa. Su mirada azul tenía miles de matices como el mar que nos rodeaba, me fascinaban sus pómulos altos, su sonrisa inmortal, su mentón ancho, sus pectorales que se intuían bien perfilados, la forma elegante en que movía las manos, en que cruzaba las piernas. Pero yo no estaba allí para fijarme en esos detalles sin importancia, así que seguí preguntado:

—¿Tus otros amigos también tomaron el elixir sin saberlo?

—Sí. Todos son hijos que lo tomaron sin saber lo que hacían...

—Milos no parece que lo lleve muy bien tampoco.

—Te equivocas. Es muy inquieto, ha sido diplomático, monje, espía, médico, arquitecto, ingeniero... Le encanta la idea de poder tener muchas vidas. Aunque lo que más

Entre las azucenas olvidado

le gusta es pasarse las horas muertas mirando al cielo, buscando no sabemos qué...

—Pero parece tan amargado...

—No lo es. Su seriedad puede dar lugar a confusiones, puede parecer distante, incluso melancólico, pero realmente es un apasionado con un gran control de sí mismo y una fuerte determinación. Es un buen tipo.

—¿Y Edda y Alex?

—Llevan siglos jugando al gato y al ratón.

—¿Han sido pareja alguna vez?

—No. Y no será porque mi hermana, que es una gran celestina, no haya urdido planes de todo tipo para que acaben juntos de una vez. Pero no hay forma. Son dos cabezas duras. Tanto como tú.

—¿Por?

—Porque desde luego sí que te estás empapando bien de tu experiencia marinera.

¿Lo decía porque estaba mojada como si acabaran de tirarme a un pilón? Decidí permanecer firme en mis posiciones. No le hice ni caso. Y él en venganza, me atacó:

—Ya solo te queda preguntarme por Gabriel, que es el que te gusta...

—No, no es mi tipo para nada —respondí retirando un pegajoso mechón de pelo de mi rostro.

—¿Y cómo es tu tipo? ¿Más malote?

—¿Desde cuándo un duque refinado del siglo XVI utiliza la palabra «malote»?

—He acertado.

—Ni por asomo. No puedo explicar cómo es mi tipo, tan solo sé que él no lo es.

—¿Y yo podría serlo?

La pregunta correcta hubiera sido: «¿Habría algún ser en el planeta que no pudiera considerarlo su tipo?» Aunque lo que le respondí fue:

—Si piensas que enamorándome voy a revelarte mis secretos, estás muy equivocado.

—Ya te dije que no desplegaría ninguna estrategia de obtención de información. Puedes estar tranquila. No voy a seducirte tampoco.

—Te lo agradezco.

—Pero tú, si quieres, puedes seducirme a mí.

—No, gracias —contesté sin dudarlo. Tenía demasiado calor. Si hubiésemos estado en Saint Moritz en invierno, me lo habría pensado.

—Es mucho mejor vivir enamorado.

—¿Para qué quieres enamorarte? ¡Tú quieres morir!

—Yo quiero dejar de ser inmortal, quiero poder morir, como tú, como todos, lo que no significa que tenga que dejar de vivir y de amar hasta que lo logre.

—Pero si estás harto de enterrar a mujeres...

—Sí, pero tú estás sana, además eres farmacéutica: tienes acceso fácil a los medicamentos. Te quedan por delante como mínimo setenta años, tenemos tiempo para amarnos, ser felices, encontrar el antídoto que me mate y que me hagas un bonito entierro.

—Se me da fatal organizar eventos. No cuentes conmigo para eso. Una pregunta, ¿cómo hacías para que no se notara que tus mujeres y tus hijos envejecían y tú no?

—Pelucas, maquillajes, disfraces... —dijo encogiéndose de hombros—. También estoy harto de todo eso. De es-

Entre las azucenas olvidado

tar siempre escondiéndome, de no poder dejarme ver mucho para que no descubran que el XIX duque de Fleurus se parece sospechosamente al III, y al IV, y al V, y al VI... He tenido la suerte de que me pinten grandes genios. Tengo maravillosos retratos de Rubens, de Velázquez, de Murillo, de Tiepolo, de Manet, de Picasso, de Lucien Freud que no deberían estar en mi secretísima colección privada. Son obras de arte formidables que el mundo no debería perderse, pero ¿está el mundo preparado para asimilar que trescientas familias llevan jugando con ellos, con su sangre, con su esfuerzo, con sus ilusiones y con sueños, desde hace quinientos años?

Le miré asustada... y sudé más. No recordaba haber sudado tanto en mi vida. Entretanto, Hugo seguía con su perorata:

—Y menos ahora, que vivimos en el imperio de la economía financiera, y que ya no se conforman con obtener beneficios, ahora lo quieren todo. Por eso están empezando a despojar a la gente de lo logrado: justicia, sanidad, educación...

—Pero no van a lograrlo —susurré sin mucho convencimiento.

—Hay que salir a la calle, moverse, protestar, mirar a nuestro alrededor, ayudar a quien lo necesita... Nosotros hacemos lo que podemos. Gabriel, por ejemplo, es economista, hace todo lo posible para evitar que los Bisontes causen estragos cuando juegan con fondos de alto riesgo, con fondos de inversión, con fondos soberanos... Milos, que está muy metido en política, trabaja para que las grandes corporaciones, bancos y *lobbies* no logren canalizar sus objetivos a través de la política. Mi hermana no deja de espiarlos para saber qué es lo siguiente que traman. Edda es abogada especialista en tramas de corrupción y espionaje que luego filtra a través de Max, que controla bastante los medios de comunicación...

De repente, Laura apareció en la proa y me dijo sonriente:

—Vengo a librarte del pelma de mi hermano.

—Te lo agradezco —repliqué. El sudor ya me impedía hasta ver.

—Como que voy a dejar que te escapes tan fácilmente —dijo Hugo.

—Déjalo para después de comer, que nos están esperando.

—Si me disculpáis —susurré—, me parece que voy a darme un duchita antes...

Titanium, bailando con el duque

CAPÍTULO 4

La comida estuvo bien, lo peor la compañía: a ambos lados me tocaron sendos ingleses con conversación de ascensor que hicieron que echara de menos las *chapas* del duque.

Después de una larga sobremesa y de sestear en las sombras, los amigos de Hugo comenzaron a arreglarse para ir al Ushuaïa...

—¡Nos vemos en un momento! —amenazó Jack, uno de los ingleses soporíferos.

—¡Sí! —respondí fingiendo entusiasmo.

—Te lo vas a pasar genial —me dijo Laura, que de pronto apareció junto a mí y me cogió por el brazo.

—Seguro que sí.

Sobre todo si lograba librarme de los ingleses...

—No puedes perderte el Ushuaïa, tiene un escenario enorme con artistas de todo tipo, desde gogós a equilibristas en bolas, camareros y *seguratas* que te caes de espaldas, bailarines y angelitas con alas guapísimos, una pista con una piscina descomunal, camas balinesas con dosel

Entre las azucenas olvidado

por todas partes, mesas monas para estar más tranquilo, aunque pinchando David Guetta nadie se quedará sentado, y luego ya avanzada la noche, fuegos artificiales mágicos, toneladas de confeti...

—En suma, la mayor concentración de jóvenes europeos de mirada vacía y cerebro hueco que jamás podrás encontrar —interrumpió Hugo, que en ese momento pasaba junto a nosotras.

—No le hagas ni caso. Es todo un espectáculo —replicó su hermana.

—De la vanidad y de la frivolidad.

—Tú quédate aquí, porque como vengas nos vas a amargar la noche.

—Ni lo dudes. A mí no se me ha perdido nada en ese Disneylandia para botarates.

—Eva —me dijo Laura—, en media hora salimos. Este aburrido que se quede en su barco haciendo solitarios.

—Eva se tiene que quedar conmigo porque debemos tratar asuntos muy importantes —repuso Hugo.

—¿*Cómoooooooo*? ¿Vas a poner a tu invitada a trabajar? ¿Vas a permitir que se pierda a David Guetta pinchando en el mejor lugar del mundo porque tú seas un auténtico petardo?

—¿A ti te gusta David Guetta? —me preguntó Hugo.

Asentí y luego añadí:

—Y los trapecistas desnudos.

Después de la paliza de los ingleses no estaba dispuesta a soportar otro asalto sobre fray Benito Gutiérrez. Además, era verano y no tenía toda la eternidad por delante como ellos. ¡Yo solo era un instante! Un instante que lo que menos se imaginaba era que él, Hugo, también se iba a apuntar a la fiesta:

—Está bien. Pues me voy con vosotros.

—Ah, no —protestó su hermana—. Tú te quedas aquí. No pienso permitir que le des la noche a Eva.

—Seré bueno, pondré caras de cómo-molo y bailaré.

—¡Si lo último que recuerdo que bailaste fue un minueto!

Laura miró a su hermano asustada, preguntándole con la mirada si yo sabía o si no sabía...

—En casa de la condesa de Pontoise —respondió Hugo con toda naturalidad—, lo bailé con *madame* Jaucourt porque tenía ochenta años y hubiese sido un desaire rechazar su invitación.

—Lo peor es que al día siguiente toda la corte murmuraba que el minueto había terminado en el lecho de la venerable dama.

—A tenor del ímpetu y la energía con los que bailaba la buena señora, imagino que también dirían que apenas pude satisfacerla.

Laura me sonrió con complicidad, como si le gustara que yo compartiese su secreto, y me dijo:

—Si se pone a darte la brasa con lo suyo, te unes a Jack y James —los ingleses soporíferos—, que son unos fiesteros.

—¿Ah, sí? —preguntó Hugo levantando una ceja—. ¡Quién lo diría!

—Te lo he dicho mil veces, son muy tímidos, pero una vez metidos en harina...

—Se quedan crudos y se desinflan.

Entre las azucenas olvidado

—Lo vas a flipar esta noche...

Yo sí que lo flipé cuando me vi en el espejo del camarote con las pintas que me había puesto para mi noche loca ibicenca.

—¡Ya era hora de que dejaras salir a la mujer que llevas dentro! —exclamó mi amiga, que seguía mareadísima y tumbada en la cama.

—A la gogó que llevo dentro, querrás decir.

Me había puesto un vestido rojo cortísimo de tirantes que hasta esa noche había usado como camiseta y unos taconazos para los que nunca había encontrado una ocasión propicia, únicamente en Semana Santa y a modo de penitencia.

—No sé si aguantaré con ellos puestos más de cuatro minutos.

—Aguanta un poquito y cuando ya estés en el maremágnum de la pista, te los quitas discretamente.

—Sí, algo así tendré que hacer porque esto es insufrible.

—Venga, ánimo, solo es un ratito. ¡Y diviértete mucho! ¿Me lo prometes?

Se lo prometí... y cumplí mi promesa.

¡No recuerdo habérmelo pasado mejor en mi vida! Y no solo porque Laura se quedara corta al describir las maravillas del Ushuaïa, sino porque el duque cumplió también con su promesa y no me habló de fray Benito, puso sus mejores caras de cómo-molo y bailó sin que notara que hacía más de dos siglos que no lo hacía.

Y yo hice lo mismo. Me quité los zapatos tal y como mi amiga me había aconsejado y pegué saltos, agité la cabeza, los brazos, las caderas y las piernas como si no hubiese mañana.

Estaba con el culo al aire, bailando con un inmortal al lado que, en cuanto sonaron las primeras notas del *Without you* de David Guetta, levantó los brazos y gritó:
—¡Esta te la dedico!
—No hace falta...
—Sí, sí, mira... *I can't win, I can't reign, I will never win this game, without you, without you... I am lost, I am vain, I will never be the same, without you, without you.*

No se podía cantar peor, además cada vez que decía *I* se llevaba las manos al corazón y cada vez que decía *you* me señalaba con el índice, pero con todo el bochorno, y aunque sabía que ese *without you* significaba que él me necesitaba para ayudarle a morir, por un momento llegué a creerme que el hombre que hacía todas esas mamarrachadas había perdido la cabeza y el corazón por mí, como decía la letra de la canción, que me necesitaba a mí, y no a mis supuestos conocimientos sobre el hallazgo de fray Benito.

Pero fue solo eso, un momento...

Después seguimos cantando y bailando tanto que acabamos perdiendo al resto del grupo y mis zapatos:

—He perdido de vista a mis amigos —dijo Hugo—. Tenía como referencia a Jack subido y convulsionándose encima de los hombros de James, pero ya no los veo.

Hugo intentaba localizarlos entre la marea humana que teníamos detrás de nosotros, iluminada por las luces cambiantes y de colores del escenario.

—Lo mío sí que es grave: he perdido mis zapatos.

El duque soltó una carcajada.

—¡Es verdad! —exclamé.

Entre las azucenas olvidado

—Los zapatos se pierden en las escaleras de los palacios o en sitios donde sea fácil encontrarlos.

Con la luz de mi móvil iluminé la zona que tenía más próxima y no encontré más que zapatos de diseño que no dejaban de moverse.

De repente, Hugo me tomó por los hombros y me dijo al oído:

—Los zapatos son siempre negociado del príncipe, déjame que resuelva esta situación.

El duque me cogió por la cintura, me impulsó hacia arriba y acabé sentada en sus hombros.

—¡Esto es estupendo! —grité nada más verme en lo alto de la torre humana.

—Soy un príncipe resolutivo y eficiente.

—¡Qué vistas! ¡No sabes lo que te estás perdiendo!

—Luego le pido a Jack o a James que me suban en hombros. ¿Por qué crees que los estaba buscando?

—¡Oh Dios! ¡Me muero! —grité al escuchar las primeras notas de *Titanium*.

—¿Qué pasa ahora?

—¡Me chifla esta canción! —grité haciendo aspavientos.

—Pega las piernas a mi cuerpo.

—No quiero echar a perder tu camisa de lino con mis pies negros.

Hugo me cogió por los tobillos, obligándome de esa forma a pegarme a él.

—Así estamos mejor los dos.

No sé cómo estaría él, pero sí sé cómo estaba yo. Flotaba, pero me sentía ligera y a la vez fuerte, efímera y eterna, fuego y tierra, luz y aire, me sentía:

—*I am titaniuuuuuuuuuuuuuuuuuuuuuuuuum. I am titaniuuuuuuuuuuuuuuuuuuuuuuuum.*

Poco después acabó el concierto y Hugo y yo nos fuimos a tomar algo a una de las barras, él descalzo y yo con sus zapatos del 46 de ante y con cordones.

—Te agradezco que me hayas prestado tus zapatos.

—Es mi obligación. Soy el príncipe —dijo haciendo una inclinación de cabeza.

—Le diré a tu hermana que te has portado muy bien.

—Esto no acaba más que empezar. Espera a que termine la noche.

—No quiero que termine.

—Ni yo.

Hugo tenía tanto estilo y elegancia que no me hubiese extrañado que esa noche los jóvenes bronceados, de dientes blanqueados y músculos de goma que nos rodeaban, se hubiesen descalzado también para imitarle. En vano. El duque llevaba siglos reinventándose, y era como esos materiales que mejoran con la edad, como un buen mueble de madera noble, que siempre luce imprevisible, sorprendente y diferente. Con todo, a pesar del deslumbramiento que podía provocar su atrayente personalidad, podía intuirse cierta melancolía, el peso de una soledad que yo también conocía.

—¿Nos vamos a cenar? ¿Te apetece pescado en Es Xarcu? ¿Carne en Can Pau? —propuso.

—¿Así? —repliqué mirándome los pies. Él tenía la habilidad de convertirlo todo en elegante y estiloso, pero yo parecía un payaso con los zapatones.

—¿Volvemos al barco? Allí podemos cenar tranquilamente, estaremos solos y podremos hablar...

Entre las azucenas olvidado

Debí de poner cierta cara de horror porque él apostilló:

—Hablar de lo que quieras, menos de *eso*. ¿Te apetece?

Volvimos al barco y cenamos *sushi* y jamón. Después, nos sentamos en unas hamacas a beber champán y a contemplar las estrellas.

—Me gusta estar en Ibiza —confesé.

Fue una confesión a medias, porque me gustaba estar en Ibiza, sí, pero en un yate maravilloso, como Marilyn en *Con faldas y a lo loco*, con un duque espectacular del siglo XVI que ahora me servía una copa de champán recién sacado de un cubo enfriador en forma de prisma de Christofle.

—A mí me fascina Ibiza, me recuerda a África, con sus atardeceres rosas, su mar violáceo, toda esa gama de colores ocres y tierras y sus panteras de bañador con capucha como las que había esta noche en la fiesta...

—Nunca he estado en África.

—Tengo que ir el jueves, vente. El viernes estamos de vuelta.

—No sé... —musité después de dar un sorbito a mi champán.

Podía cogerme dos días de las vacaciones que todavía no había disfrutado, pero ¿qué pintaba yo en África?

—Voy de misión especial: a evitar que estalle una guerra y a llevar material para una escuela recién creada.

—¿Adónde?

—A Norkaba, en África central. Un lugar donde habita todo, el caos, el estilo, la magia, la tradición ancestral y unas sutiles gotas de modernidad. Es un sitio donde puedes respirar la vida, tiene carácter, es singular, muy especial.

—No lo conozco —repliqué con la mirada perdida en mi copa flauta. Había tantos sitios que no conocía...
—Merece la pena. Y si además te quieres sentir a medio camino entre heroína de película de espías y una princesa altruista, me avisas.
—No te voy a negar que el plan tiene buena pinta.
—Y luego la compañía. Ya sabes que yo por ti hago lo que sea. Si perdieras tus zapatos en la selva, te cedería gustoso mis botas y recorrería descalzo la sabana. Soy un hombre antiguo. Antes, si no cuidabas esas cosas no te comías un panchito.
—¿Y te has comido muchos? ¿Panchitos?
—Ese es un tema muy serio —dijo enderezándose en la tumbona.
—Lo es.
—¿Te cuento mi experiencia?
—Por favor...
—La verdad y nada más que la verdad.
Asentí expectante.
—¿Puedo ponerme serio e incluso cursi?
—¡Habla de una vez!
Hugo apuró su copa de champán y la dejó en la mesita que tenía al lado. Luego, con su voz cálida, grave y sugerente, su mirada para perderse y su cuerpo para el delito, contó:
—He conocido el deseo desatado, la entrega tempestuosa, incluso la pasión profunda que puede contener una sola mirada, una caricia queda. Fue una noche, unas semanas, pero siempre hubo algo más, algo que podía percibirse, que emanaba de un misterio sutil y contundente

de más adentro, no solo fueron cuerpos. Y también, he amado y deseado todos los mares junto a mi amada, los turbulentos y los plácidos. Llevo cinco siglos por aquí, y puedo asegurarte que si siento rugir el mar, no me importa lanzarme de cabeza, estoy dispuesto a asomarme al vacío.

—¿Y si la zambullida no resulta bien?

—Al menos habré escuchado a mi corazón, habré sido honesto conmigo mismo y lo habré intentado. Pero no todo me da igual, no sirve cualquier cosa, no me conformo, sé lo que quiero, sé lo que busco: algo muy sencillo y muy especial. Como tú.

Hugo se giró y me miró. Yo permanecí con la mirada clavada en el cielo. Era una noche hermosa, sus palabras eran hermosas, pero no dejaban de ser más que eso. Belleza efímera que con el día se disiparía.

—No sabes cómo soy —dije dejando mi copa junto a la suya.

—Me gusta lo que se desprende del contacto entre los dos. Tenemos conexión a todos los niveles. Tú lo has sentido también.

Le miré a los ojos y no pude engañarle. Yo también lo había sentido, pero...

—Eso no significa nada.

—Puede no significar nada y significarlo todo. Ya lo veremos. A mí me gusta la pausa, paladear el momento, sorbo a sorbo, demorarme en cada paso, y también me gusta beber de un trago, sacar el cuerpo al vacío y tirarme, porque cuando la fiebre te sacude por entero y te llega hasta al alma, no puede hacerse de otra forma.

—A mí también me gusta que sea de una forma y la contraria, que se abarque todo. Depende del momento, pero ahora es obvio que no lo es.
—¿Por qué?
—Porque somos tan distintos que nuestros mundos jamás podrán siquiera rozarse.
Entonces, Hugo cogió mi mano...
—Acaban de tocarse, no es tan difícil —susurró.
Mi mano encajaba en la suya a la perfección, me gustaba su tacto, su calidez, su firmeza, la presión justa que ejercía sobre la mía. ¿Pero qué tenía eso de excepcional? Éramos un hombre y una mujer dándose la mano bajo un cielo estrellado una noche de verano. Una pareja más que tenía la suerte de vivir el momento, de sentir la magia, la emoción de dos pieles que se rozan por primera vez. Pero yo no hablaba de eso...
—Hacer esto es muy fácil —dije mirando nuestras manos unidas.
—Es que yo lo quiero todo. Lo fácil y lo difícil. Quiero poder acariciarte, pero más aún deseo poder conocerte. Haces ganas de más, a mí me las haces, unas tremendas ganas de ti, me produces un gran curiosidad, ganas de saberte, en todo, por dentro y por fuera.
—Me parece que vas demasiado deprisa...
Hugo empezó a acariciar con sus dedos la palma de mi mano, se detuvo en la muñeca, luego continuó por el brazo, siguió por el hombro, recorrió mi clavícula, subió por mi cuello y finalizó con las yemas de sus dedos en mis labios.
Cuando ya me tenía completamente entregada, cuando

Entre las azucenas olvidado

estaba a punto de atrapar sus dedos con mis labios, los retiró de mi boca...

—El ritmo de lo que es verdaderamente importante viene dado por sí mismo. Unas veces es lento, despacio, con pausas —dijo descendiendo con la yema de sus dedos por mi cuello—, a veces se detiene uno en cada recodo para sentir —susurró dejando su mano en mi pecho—, cerrar los ojos —los cerró— y mirar —me miró—.

Mi corazón estaba desbocado, apenas podía respirar...

—Otras veces el ritmo es urgente, inmediato, sin paradas, rápido como ahora late tu corazón...

Hugo se aproximó a mí. Su mirada azul estaba tan cerca de mí... Podía olerle, podía sentir el calor de su respiración. Estaba perdida. Yo era una simple mortal. Me mordí los labios, pero quería los suyos. Besos. Miles. En mi boca, en mi cuello, en mi cuerpo. Pero no llegaron...

Hugo retiró la mano de mi pecho y volvió a cogerme de la mano.

—Las dos maneras de hacer las cosas me gustan, y las dos formas siempre con la misma persona: contigo.

—Conmigo...

—Cuando la conexión se establece, cuando es profunda y también de piel, todo se quiere y de todas las formas y maneras.

Tenía razón, no había más que mirar al mar que se fundía con el cielo, a todos esos pliegues sinuosos que acogían estrellas refulgentes, pero yo tenía miedo.

—¿Y si te equivocas? Si solo es el verano, la brisa, el mar, las estrellas, el champán...

—Tú sabes que cuando algo no funciona se siente igual, se sabe que no tiene recorrido, que no da más de sí.

—¿Cómo no se va a sentir nada con un hombre como tú? ¡Cualquiera caería!

—Puedo decir lo mismo de ti. ¿Qué hombre no caería rendido ante tu luz? Brillas, con tu corazón, con tu cerebro, con tu alma, con lo que dices, con cómo lo dices, con cómo tocas, con cómo miras, con tu olor, con cómo escuchas... Eres la promesa de felicidad para un descreído.

—Yo no soy descreída, soy cauta.

—¿El amor es cauto?

—Soy realista.

—¿El amor es realista?

—Soy idiota.

—El amor nos hace idiotas.

—Sin remedio.

—Sé lo que estoy sintiendo, no solo es atracción física. Es cierto que necesito la corporeidad, la carnalidad que completa la ecuación. Y lo tienes. Eres una mujer preciosa, tienes una mirada que atrapa, una boca que es una provocación, un cuerpo que es un desafío, pero si no existiera algo más, esa verdad que atisbo, no estaría aquí con tu mano en la mía.

—¡Calla de una vez! No puedo más...

—¿Y crees que yo puedo?

El mar rugía en sus ojos. Continuó:

—Aguanta. Más no puedo hacer. Cuando tengo dentro esta sensación inconfundible de intuir mar y océano, tranquilo y rugiente, entonces... Te confieso que lo quiero todo. Quiero saliva, sudor y abrazos. Quiero miradas que

Entre las azucenas olvidado

nos penetren más que los cuerpos. Quiero risas, quiero beber tus lágrimas, quiero paisajes, quiero paseos, quiero belleza. Contigo.

—Si llego a saber esto, te pido que hablemos solo de fray Benito.

Entonces, Hugo extendió mi mano y, recorriéndola con sus dedos desde la palma hasta las puntas, dijo:

—A Sargent le habría encantado pintar tus manos. Y yo las quiero en mi mejilla...

El duque llevó mi mano a su rostro, que yo acaricié, su frente ancha, con dos líneas marcadas y un pequeño lunar, casi imperceptible, sus sienes, sus mejillas, la comisura de sus labios...

Cerró los ojos. Respiró hondo. Había instinto, deseo, pasión en su exhalación agónica. Y de nuevo, me miró y algo se quebró dentro de mí, algo que llevaba mucho tiempo dormido, algo que incluso creía que estaba extinguido y fosilizado, se despertó para dejarme sin aliento.

Aquello dolía gozosamente, me desbordaba, no podía contenerlo.

—Lo sientes como yo —dijo Hugo.

Estaba tan cerca de mí que podía percibir la calidez de su respiración, su olor cautivador amaderado y dulce, el azul de las noches de verano contenido en su mirada voraz, el calor de sus labios apenas abiertos.

Era inevitable, ya solo podía suceder y habría sucedido, si no hubiese aparecido la lancha con los invitados de Hugo cantando el *Put a ring on it*...

Yo te quiero a ti

CAPÍTULO 5

Que te despierten a codazos no es nada divertido...
—Cuenta. ¿Qué ha pasado? ¿Hubo tema?
—¿Qué hora es? —dije con los ojos achinados.
—Más de las doce...
Abrí los ojos y comprobé horrorizada que había amanecido en el camarote de invitados junto a un zombi: lo de mi amiga Estrella era ya preocupante.
—¿Cómo estás?
—Tengo una lavadora en la barriga, cada media hora centrifuga y vomito. Me da un coraje, con las ganas que tenía yo de estar petardeando por la borda, habernos hecho fotos chulas y colgarlas en el Facebook para que la gente viera los amigos de categoría que tenemos, pero nada chica, que mi naturaleza es demasiado de tierra. Ahora comprendo a Marichalar y la cara de descompuesto que tenía siempre cuando le subían a los yates en Mallorca. Esto es muy duro, tía —dijo llevándose la mano a la frente—, hay que haber nacido en estos ambientes para soportar este baqueteo, yo de verdad que no sé cómo lo

Entre las azucenas olvidado

aguantas. A ti te debieron de llevar mucho a las barcas del Retiro...

—¿Estás bebiendo? Lo peor es que te deshidratas.

—Sí, sí. Y ahora cuenta por qué eran las cinco de la mañana y todavía no habías llegado.

—Me acosté a las cinco y pico.

—Y te dormiste enseguida porque te dejó colmada de pasión. ¿Me equivoco?

—Te equivocas.

—¿Me equivoco? —replicó horrorizada. Si le hubiese dicho que había lanzado a alguien por la borda, no se habría escandalizado tanto—. ¿Has estado hasta las cinco de la mañana con ese pedazo de tío y no te lo has tirado? Entonces, ¿qué has estado haciendo?

—Estuvimos hablando.

—¡Se habla con los feos! Con los tíos como ese se folla y luego se habla. Son reglas básicas de la vida. Al menos hablarías de sexo y de amor, así con un poquito de risas, pícaramente, con gracia, más que nada para provocarle una erección como esta isla de gorda...

—Hablamos de cosas normales.

Me dio vergüenza confesar que si no llegan a aparecer los de la lancha habríamos acabado haciendo el amor en las tumbonas.

Además, mi cabeza en ese momento se debatía entre la esperanza y el pánico por lo que pudiera suceder en el reencuentro tras el casi-casi beso. ¿Hugo me pediría disculpas o acabaríamos el beso que ya teníamos bastante avanzado?

—Hija mía, tienes que echarle más ganas o las pajarracas que he visto pasar por los ventanales te van a comer la merienda.

—Que hagan lo que quieran. Yo estoy en otras cosas...

Estaba en una nube, con el corazón cantarín y el estómago invadido por mariposas marchosas, ilusionada, feliz, expectante y alegre, pero también estaba muerta de miedo por sentir todo eso, pues pronto empezaría la agonía de vivir pendiente de si me llamaba, de si me escribía o de si quedaba mucho para volver a vernos.

Era la emoción y el vértigo natural del enamoramiento, pero Hugo no era un hombre normal. Por mucho que intentara comportarme como si fuera alguien como yo, como si fuera un hombre de mi tiempo, Hugo era un tipo de verdadera seguridad en sí mismo —no como la de la mayoría de tíos que había conocido— que obedecía a una gran experiencia y conocimiento de siglos; o sea, que iba a dejarme hecha picadillo.

Últimamente, no llevaba una buena racha en el amor. En los dos últimos años, después de un adicto al trabajo, obsesionado con la vida sana y enganchado aún a su ex, enlacé con un musculitos frustrado, celoso y eyaculador precoz, al que intenté olvidar con un calvo y feo enormemente práctico, sensato, amante del orden, de las músicas del mundo y de las terapias alternativas, que no me ponía nada y me aburría como una ostra.

Pero ahora llegaba Hugo para redimirme de tan triste plantel, la justa recompensa a tantos años de patetismo, incomprensión, sufrimiento y soledad.

Un nuevo amor era siempre la promesa de todo eso, pero un nuevo amor inmortal que además derrochaba inteligencia, talento, buen gusto, generosidad, sentido del humor y me gustaba más que comer con los dedos, era la promesa de todo eso y de mucho más.

Hugo sin duda era el más prometedor de los hombres que había conocido, tenía tan solo el inconveniente de que deseaba morirse, pero eso no importaba demasiado porque, por mucho que me hubiese dicho que le organizara el funeral, era un caballero: seguro que acabaría cediéndome el paso.

Aunque un poco sí que me preocupaba el hecho de que su interés por mí se debiera a que dependía de mí, o eso creía él, para lograr su gran propósito. Eso era una sombra que siempre iba a estar persiguiendo nuestra relación, qué digo sombra, una nube que tenía el riesgo de volverse gorda y negra, y terminar dejándome hecha unos zorros.

Tenía que contarle todo lo que sabía de fray Benito antes de que llegara el primer polvo, así sabría con meridiana claridad si quería estar conmigo por lo que soy o por el puro y repugnante interés.

Hugo era demasiado perfecto y había que tomar todas las precauciones. Si los impresentables de mi pasado habían logrado hacerme daño, de qué no sería capaz un ejemplar de hombre inmortal como este... Miedo me daba solo pensarlo. No pensaba bajar la guardia, aunque sus vetustas hormonas ya estuvieran trabajando a saco para anular mi sensatez y buen juicio, esta vez sería diferente. Esta vez yo no pensaba soltar las riendas...

—*Yujuuuuuuuu*. ¿Hay alguien ahí?

Mi amiga volvió a meterme otro codazo para recordarme que no estaba sola.

—Tía, responde...

—¿A qué? —repliqué con la mirada fija en el techo de madera.

—¿No te habrán dado uno de esos papelitos con ácido o cristal? Te noto así como flipada...

Ojalá me hubieran dado eso, el amor es una droga mucho más dura.

—Perdona, es que estaba pensando en mis cosas —me excusé volviéndome hacia ella.

—Es lo que te estaba preguntando, ¿en qué cosas estás? ¿Tan importantes son que no puedes dejarlas apartadas un ratito y lanzarte a disfrutar de esta aventura? De esa aventura que tiene esa cara, ese cuerpo, esos modales, este pedazo de barco... Tía, espabila, no se te va a poner a tiro un tiaco como este ni en mil años que vivas.

—No todo en la vida son los hombres.

¿Algún día lograría llevar a la práctica esa frase?

Entonces, de repente, mi amiga se puso muy seria. Estaba tan blanca y ojerosa que parecía a punto de declarar sus últimas voluntades, pero con todo sacó fuerzas de no sé dónde y, sin dejar de darme golpecitos con el dedo índice, soltó:

—Ya sé que el mundo es injusto, que la vida es muy perra y que hay gente muy hija de puta. Por eso, sería un gran pecado que te marcharas de aquí sin catar los manjares que de tanto en tanto la vida nos pone delante de las narices. Y un plato como ese que está ahí fuera no te lo vuelves a encontrar tú ni pagando.

—Lo sé, tienes razón. Es el mejor consejo que podría recibir en este momento y te lo agradezco de todo corazón

—reconocí. Luego, le puse la mano sobre el hombro y lo estreché con cariño—. Pero antes debo zanjar un asunto que me tiene loca, está relacionado con una... composición farmacéutica. En cuanto lo resuelva, de verdad que me pongo a vivir la vida loca.

—¿Lo tienes que resolver justo ahora? —me preguntó compungida, con una cara malísima, descompuesta, pero cogiendo con cariño mi mano.

—Sí, de esta mañana no pasa. Voy a buscar a Hugo para abordar el tema y liquidarlo cuanto antes...

—Y después, al lío —dijo conteniendo la arcada.

Acto seguido, salió disparada para el cuarto de baño.

En cuanto mi amiga regresó, me duché y salí a cubierta, donde me estaba esperando Hugo para desayunar.

Su espléndida figura apareció recortada tras el sol que no tenía piedad, que imponía su presencia con la intención de doblegarnos. Íbamos a caer como moscas, pero me daba igual. Mi corazón latía con fuerza, sentía una intensa sensación de peligro, alegría y esperanza, que aumentó en cuanto Hugo puso su mano en mi cintura y sus labios en mi mejilla.

—¡Buenos días! ¿Has descansado bien? —me dijo tras el beso.

—Sí, gracias. ¿Tú también?

No sé por qué ese «tú también» me produjo un sonrojo súbito, era como si le estuviese preguntando si él también no podía dejar de pensar en mí, si él también se moría de ganas de estar conmigo a todas horas...

—Sí, muy bien. Estoy muy bien. Y ahora que has llegado, mejor.

Me recogí la melena y me la llevé a un lado, después de soltar una risita de lo más estúpida.

—¿Tu amiga está mejor hoy?

—No mucho...

—Siento que esté pasando un fin de semana tan espantoso.

—Estas cosas son imprevisibles.

—Como el amor —dijo él desafiándome con la mirada.

—Como todo lo imprevisible, sí.

Mi respuesta fue perogrullesca, pero no consiguió que me arrugara.

—¿Te apetecería ir a una cala a bañarnos y tomar el sol?

El plan era interesante y podía permitirme explayarme a gusto con lo de fray Benito.

—Estaría genial...

Después de desayunar, nos subimos a una zodiac que nos llevó hasta una recóndita cala rodeada de pinos, sabinas y salientes rocosos, con una pequeña playa de arena fina y aguas cristalinas de color turquesa en cuya orilla el duque dejó la lancha.

Extendimos las toallas en la arena y entonces sucedió: Hugo se despojó de su camiseta dejando al descubierto su cuerpo glorioso. Tenía un torso bronceado con unos pectorales esculpidos por el mejor escultor, fuerte, esbelto y armonioso; unos abdominales hipnotizantes y duros; unos brazos largos y sutilmente nervudos y unas piernas portentosas. Lo que quedaba por ver lo tapaba un bañador corto negro que le sentaba genial.

—¿Nos damos un baño? —propuso.

De perdidos al río. Me quité mi vestido y pensé: «Que

Entre las azucenas olvidado

sea lo que Dios quiera». Llevaba un bikini pasado de moda, no me había dado el sol más que tres tardes en la piscina y mi único ejercicio diario eran paseos de una hora... relajados.

Pero daba lo mismo, Hugo me miraba con cara de bobo tendiéndome la mano.

—¿Vamos?

¿Íbamos a entrar en el mar de la mano como una pareja de catálogo de viajes para novios?

Pues sí, entramos en el mar de la mano. Sentir otra vez su mano en la mía, nuestros dedos entrelazados, su tacto suave, su fuerza y su calidez, hizo que me olvidara de lo fría que estaba el agua que ya me llegaba por la cintura...

El hechizo duró poco, Hugo se lanzó a nadar y a los pocos minutos era ya un punto en el horizonte. A tenor del ritmo que llevaba, iba a regresar al barco sin necesidad de la zodiac.

Yo, mientras tanto, nadé un poco, ocho brazadas, y me cansé. Así que me puse a hacer la muerta, que era mi destino. Estaba feliz, tanto que empecé a levantar las piernas como si fuera una nadadora de sincronizada, lisiada y nonagenaria, pero con estilo, con cierto estilo. Luego, probé con los brazos, no podía llevarlos del todo hacia atrás, y no sin que chascaran los huesos, pero perpetré unos movimientos que podían resultar ciertamente encantadores al son de una música lenta, como el *Liebstraum* de Listz que empecé a tararear.

Entonces, cuando estaba sumida en una profunda ensoñación, cuando mis brazos y mis piernas se movían elegantes al son dulce de la música y de las olas mecidas suavemente por la brisa cálida, algo me agarró por la muñeca. No tenía dientes —lo cual era un alivio porque era la mano derecha y yo no sé hacer nada con la izquierda—, así que la mano iba a conservarla, lo demás quién sabía...

Grité, pero poco porque el tirón que me dio la criatura que me tenía cogida por la muñeca hizo que metiera medio cuerpo en el agua. Tras unos segundos de confusión, salí a la superficie impulsada por esa misma cosa que me tenía atrapada por la muñeca. Y nada más abrir los ojos, cubiertos por mechones enredados de pelo, lo primero que vieron fue a Hugo...

—¿Estás bien?

—Hasta que has llegado, sí.

—Estaba muy preocupado, he visto desde la lontananza cómo movías las piernas y los brazos de forma tan descoordinada...

—¿Perdona? —repliqué soltándome de su mano.

—Parecía que te estabas ahogando, creo que he batido algún record olímpico para venir a tu rescate. Soy un príncipe, estoy harto de decírtelo.

—Pues estoy perfectamente —dije retirándome el pelo de la cara y cargada de dignidad.

—¿Qué era lo que hacías si no era ahogarte?

—Ejercicios. Aquagym.

—Debes de llevar muy poco practicando, intuyo.

—Es que yo no soy inmortal, tengo el tiempo muy limitado.

—Vas poco a clase.

—Lo suficiente.

Entre las azucenas olvidado

—Me alegro tanto de que estés bien... —dijo tomándome por la cintura y estrechándome contra él.

Le abracé. Me abrazó. Tenía la piel firme, los músculos tensos, los huesos fuertes. Me gustaba su textura, su olor, su fuerza...

Nos miramos, él deslizó sus dedos por mi nuca para atraer mi rostro hacia el suyo. Yo tenía tanto miedo como deseo. Podía sentir su excitación. Voraz y exigente. La promesa de sexo del bueno a la luz del día en una cala desierta.

—Necesito besarte —dijo con sus labios casi rozando los míos.

—Y yo —respondí.

Yo lo quería todo, sus besos, sus caricias y sentirlo dentro, muy dentro de mí. Pero todo comenzó con un beso perfecto.

Al igual que existen los números perfectos y cada tanto alguien descubre un número perfecto nuevo, yo tuve la suerte de ser la protagonista del nuevo y último beso perfecto que alguien tuvo la suerte de recibir en el planeta.

Los últimos besos perfectos son reconocibles porque no tienen nada que ver con los otros besos. Pero eso solo lo sabes cuando un día te besan y te desbordas. Un último beso perfecto es húmedo, largo, intenso. Irresistible. Un caos. Una locura. Un comienzo. Dos bocas ansiosas que se buscan, se reconocen y se devoran. Labios que encajan a la perfección, lenguas que hablan el mismo idioma de la urgente demora. Es fusión y es descubrimiento. Es sentirte, tenerte, arder. Es ser del mismo material que el sol y estar a punto de licuarte como el agua. Es ser todo. Y dejar de ser nada.

Pero un último beso perfecto siempre exige más, abre la puerta a un universo para el que yo no estaba preparada. Por eso, cuando Hugo me cogió en brazos, me dejó sobre la toalla, se tumbó encima de mí y sentí sus ganas prestas a ser saciadas, dije:

—No puedo.

—Yo tampoco puedo, necesito hundirme en ti.

Yo me moría de ganas de que se hundiera dentro de mí, pero no podía hacerlo sin disipar antes mis dudas y temores.

—No.

—¿No lo deseas? —dijo devorándome con la mirada.

—No puede ser...

No podía ser que estuviera haciendo eso, pero necesitaba hacerlo para protegerme.

—¿Por qué? Si lo deseas tanto como yo...

Si le decía la verdad, si reconocía que prefería mostrarle mis cartas antes para así tener la certeza de que estaba conmigo por lo que yo era, tal vez mis dudas podían llegar a ofenderle y como consecuencia toda la magia se volatilizaría. Por eso se me ocurrió otra cosa que creí que era mucho mejor y que, llegado el momento, permitiría que pudiéramos retomar la relación justo donde estaba a punto de dejarla sin demasiados daños colaterales.

—Porque hay otra persona.

Hugo se dejó rodar y acabó tumbado boca arriba sobre la toalla que estaba junto a la mía. Lo cierto fue que aunque quería que acabara haciendo eso, no me imaginaba ni

Entre las azucenas olvidado

que iba a hacerlo tan deprisa, ni que yo iba a sentir una dolorosa punzada en el corazón al dejar de sentir su peso sobre mí.

—Le envidio —dijo, llevándose la mano a la frente.

—Lo siento.

No lo sentía. Era mucho más. Me sentía tan insoportablemente ligera, casi vacía, tan herida que solo su cuerpo cálido sobre el mío podría devolverme a la vida.

—No, discúlpame tú. Soy yo el que he hecho algo que no debería. Aunque no me arrepiento, volvería a repetir todo lo que he hecho —dijo mirándome con los ojos vidriosos.

No pude sostenerle la mirada. Cerré los ojos y los tapé con mi brazo. Quería desaparecer de allí. Quería dejar de ser tan cobarde. Quería tener quince años y que no me importara nada que me dejaran con el corazón hecho trizas. Quería poder amar sin más. Quería liberarme de mis miedos, de mis dudas, de mis cautelas. Poder vivir lo que tenía delante sin pensar en nada más, librarme del pelma del fantasma del temor a resultar herida. Y por un momento, estuve a punto de lograrlo, estuve a punto de volver a sus brazos y decirle que todo me daba igual. Que estaba allí para amarle y que todo lo demás me daba exactamente lo mismo.

No obstante, cuando mi mano estaba a punto de rozar su mano, cuando ya casi acariciaba el sueño de volver a ser suya, el rayo de la sensatez me fulminó por completo. La había pifiado tanto en el amor y Hugo podía hacerme tanto daño si solo me estaba utilizando para lograr su sueño de hacerse mortal que enterré en mi corazón mis sueños y deseos, a la espera de que pudiera rescatarlos muy pronto...

—Voy a ayudarte —dije.

—¿A qué? —replicó él entre perplejo y desencantado.

—A morir.

—¡Eso es lo que menos me importa ahora! Además, jamás me sentí tan muerto como ahora.

Hugo cerró los ojos, dejó caer los brazos y comenzó a acariciar la arena con los dedos que tenían que estar sobre mi cuerpo. Quise ser arena, quise ser el salitre que cubría su cuerpo, pero solo pude decir:

—Déjame que te cuente todo lo que sé.

—Me da lo mismo lo que sepas.

Entonces, abrió los ojos y me miró desesperado:

—Yo te quiero a ti. Quiero que me lo cuentes todo de ti. Eso es lo único que me interesa saber... Quiero conocerte, saberlo todo, lo que te gusta, lo que te desquicia, lo que te hace feliz, lo que te asusta... Todo, cada detalle, cada gesto, cada palabra. Lo quiero todo.

Casi me rendí. Me faltó muy poco para decirle: «aquí estoy. Hazlo. Conóceme. Empieza ahora y no termines nunca». Pero decidí que ya que había llegado hasta allí tenía que ir hasta el final, que si el amor era amor, ya habría tiempo de remontarlo todo.

—Lo importante no soy yo. Lo importante es que descubrí algo a lo que no encuentro ningún sentido, pero tal vez tú sí que lo encuentres y, entonces, puedas lograr lo que tanto ansías.

—Lo que tanto ansío lo tengo delante de mí.

—Tengo unos papeles de fray Benito que estaban en

una colección privada y que podrían significar algo. Yo no sé qué... Intuyo que ahí hay algo, que es como un mapa que conduce al tesoro, pero yo no sé interpretarlo. Tal vez tú, con tu ayuda, los dos juntos, podríamos llegar a descifrarlo.

—Tal vez tú, tal vez yo, los dos juntos... Eso es lo que lo quiero.

—Tú me buscaste porque deseas morir.

Hugo calló. Me miró y supe que, como el mar, lo sabía todo. Quise bajar la vista al suelo, pero él no me dejó, tomó mi rostro por la barbilla, lo levantó y me dijo:

—Tú no tienes pareja, lo único que tienes es miedo.

Claudiqué. Dos lágrimas de miedo y pena cayeron por mi rostro.

—Sí, tengo miedo. ¡Mucho! Miedo a que estés utilizando tus sofisticadas técnicas de seducción únicamente para lograr tu objetivo.

—Sí —dijo besando mis lágrimas, bebiéndoselas—. Eso es lo que quiero. Me has descubierto. He sacado toda mi artillería pesada para enamorarte y que jamás te vayas de mi lado: ese es mi gran objetivo.

—Podrías hacerme tanto daño...

—Y tú a mí.

Entonces, caí. Tuve que escuchar esas palabras para percatarme de que él podía tener justo mis mismos temores, que él podía albergar la sospecha de que yo pudiera estar siguiendo un juego similar al que pensaba que él estaba utilizando conmigo, con el fin de que me diera la información que me faltaba para hacerme con el secreto de la inmortalidad.

—Entiendo que tengas tus recelos —siguió mientras acariciaba mi pelo—, he aparecido en tu vida como un elefante en una cacharrería, con mis ansias de mortalidad, y de repente te encuentras con que todo eso me la bufa y solo deseo amarte. Yo también sospecharía si estuviera en tu lugar... Soy un jugador, he ido de farol muchas veces. Así que comprendo perfectamente cómo te sientes. Yo también tendría todas esas reservas.
—Entonces ¿qué hacemos?
—Yo pienso hacer lo que hago siempre: escuchar a mi corazón y confiar.

La noche oscura

CAPÍTULO 6

Escuchar a mi corazón y confiar, ese también iba a ser mi lema. No tenía sentido quedarse atrapada entre el ramaje del miedo cuando mi corazón estaba diciéndome a gritos que lo dejara volar hacia Hugo.
Y eso hice. Echarlo a volar para que llegara tan lejos como alcanzara el empuje, la fuerza y las ganas de su vuelo.
Seguíamos tumbados. Mirándonos frente a frente. Entonces, me pegué a él todo lo que pude y lo abracé muy fuerte.
—Cuando tengas miedo, abrázame —me dijo acariciando mi espalda.
—Lo haré —repuse sin dejar de abrazarle.
—Yo haré lo mismo —replicó abrazándome más fuerte.
—Y cuando estés feliz, hazlo también.
—Lo haré.
—Y cuando estés triste, más todavía.
—Lo haré. Siempre —susurré entrelazando sus piernas con las mías.

Entre las azucenas olvidado

—Siempre —musitó acariciando mi rostro—. ¿Sabes que llevaba un siglo odiando la palabra «siempre» y ahora que tú la has pronunciado vuelve a gustarme? Siempre.

Su siempre no era mi siempre. Pero en el adverbio cabía todo, el instante y la eternidad. Los dos eran extremos de un siempre perpetuo. Y me gustaba tanto saber que el hombre que me abrazaba, que la luz que encendía su mirada, que la voz que acariciaba mi corazón jamás se extinguirían que dije:

—No quiero que mueras.

—Ahora no quiero morir. Ahora solo deseo que esto dure para siempre.

—Y yo...

—Bien, pues ahora que te tengo en el bote —dijo poniendo una sonrisa pícara—: cuéntame todo lo que sepas sobre fray Benito.

—No. Ahora que te tengo en el bote, me haces el amor salvajemente...

—¿Ahora? ¿Te has dado cuenta de que hace más de cuarenta grados y de que me he dejado la sombrilla en el barco?

—No pasa nada, me he puesto protector solar.

—Ya me he dado cuenta, pareces una flor de loto recién salida de las aguas.

—Parezco una payasa ¿no? —pregunté enarcando una ceja—. Ayer tenía los zapatos, hoy la cara blanca, ya solo me falta pintarme una boca roja gigante.

—De verdad que pareces una flor de loto.

—¿Sabes lo que hacen las flores de loto?

Hugo negó con la cabeza, aproximó sus labios a los

míos, nos miramos y nos besamos otra vez. Fue un beso de cine, pero no un beso a mitad de película, no, sino uno de los que se dan justo antes de los títulos de crédito en las películas clásicas, un beso memorable: apasionado, profundo, sincero, emocionado y... demasiado corto.

—Como sigamos, tu vida corre serio peligro —me dijo Hugo.

—¿Por qué? —repliqué tumbándome encima de él.

—Porque eso que puedes sentir ahí abajo...

—¿Esto? —le interrumpí, con cara de falsa inocente, rozando suavemente con mis muslos el pene erecto atrapado en su bañador.

—Sí, esa cosa caliente, pujante, recta, insatisfecha y exigente que se muere por adentrarse en nuevos territorios.

—¿Y qué hay de malo en que lo haga? —pregunté con el ceño fruncido.

—El sol, el calor, tu hipotensión, mi deseo... Créeme, no lo resistirías —zanjó entre amenazante y muerto de risa.

—Es un farol.

Sabía que no lo era, Hugo tenía toda la pinta de ser un pura sangre, un prodigio de la naturaleza que me iba a dejar para el arrastre. Pero yo había salido a jugar ese partido y el empate ya no me valía.

—Tengo un plan mejor —propuso Hugo, ajeno a mis divagaciones—. Dado el calor y las horas que son, lo mejor es que nos vayamos a comer al Malibú en la playa de Salinas.

—Pero a ti no te afecta el calor ni el hambre.

Entre las azucenas olvidado

—Me afecta, pero no puede matarme: a ti sí. Así que nos vamos.

Protesté, me resistí, negocié, pero no hubo forma: se suspendió el partido...

Enseguida llegamos al Malibú, un chiringuito pijo y elegante atendido por camareros rápidos y serviciales, con mesas espaciosas y vestidas con mantelerías de color melocotón, sillas de mimbre y vistas espectaculares a la playa.

—Atrévete a decirme que no estás bien aquí—dijo Hugo con una jarra de cerveza en la mano.

—Podría estar mejor haciendo otras cosas.

—Seguro que sí. Pero a mí lo que me interesa es que desembuches y me cuentes todo lo que sabes de fray Benito.

—¿No esperamos a los postres?

—Bueno —dijo levantado las cejas—. Te dejo que te comas la paella tranquila, pero a los postres, fray Benito.

Cumplió su palabra, me dejo disfrutar de la excelente comida, pero nada más aparecer mi *coulant* de chocolate en la mesa, comenzó a acribillarme a preguntas...

—¿Dónde guardas los papeles que estaban en esos archivos privados? —preguntó tras probar su sorbete de limón.

—Aquí —respondí señalándome la sien.

—Bien hecho, desde luego, es el mejor sitio.

—Los originales los tengo puestos a buen recaudo. Una amiga bibliotecaria los custodia, ella piensa que son las viejas cartas de amor de un novio que tuve.

—Un novio que utilizaba para escribir los pergaminos de su tatarabuelo...

—Mezclé los documentos históricos con mails que imprimí y se los entregué metidos en una caja con corazones. Mi amiga es muy discreta, jamás lo abrirá.

—Francesca lleva mucho tiempo buscándolos...

—Yo los encontré por casualidad, un día recibí un mail de una persona diciéndome que se había enterado por el archivero de la biblioteca del Monasterio que yo estaba haciendo una tesis sobre fray Benito. Me contó que tenía unos documentos que había heredado de su abuelo que a lo mejor me podían servir para algo. Los recibí tres días después, pero esa persona jamás se volvió a poner en contacto conmigo.

—¿El mail no iba firmado?

—No. Y por la dirección del correo electrónico tampoco pude averiguar nada...

—¿Cómo era?

—Era... *aldaba@yahoo.com*

—Las aldabas eran las piezas con las que se llamaba a las puertas.

—También podía ser un apellido. Pregunté al archivero si había facilitado mi dirección de correo electrónico a alguien, pero me aseguró que no. Tampoco recordaba haber hablado con nadie sobre mi investigación sobre fray Benito...

—Alguien llamó a tu puerta porque decidió que eras tú la que tenías que descubrir algo.

—Se equivocó. He sido incapaz de desentrañar nada en todos estos años. La caja contenía una colección de documentos con anotaciones del fraile sobre su trabajo diario en el destilatorio y comentarios sobre distintos tratados alquí-

Entre las azucenas olvidado

micos como el *De Occulta Philosophia* de Enrique Cornelio Agrippa de Nettesheim, el tratado apócrifo de Santo Tomás de Aquino: *Tratado del Arte de la Alquimia*, una *Carta Alquímica y las Coplas sobre la Piedra Filosofal* de Luis de Centelles, el *Praxis Artis Alchemiae* de Caravantes...

Hugo escuchaba pacientemente el recitado de las obras alquímicas mientras las mujeres con aspecto de modelos que nos rodeaban le lanzaban miradas lobunas. Miradas que no eran devueltas porque el sexy duque tenía puestos todos sus sentidos en mí: la que tenía el bikini más grande de toda Ibiza.

—El *Diálogo de la Alquimia* de Jerónimo Gracián —yo seguí dale que te pego con el listado—, el *Della Fisica* de Leonardo Fioravanti, el *Toque de Alquimia* de Ricardo Estanihurst y los *Dos libros del Arte Separatoria* de Diego de Santiago.

—Te lo sabes como si fuera la alineación de un equipo de fútbol —concluyó sumamente impresionado.

—Me he empollado todas esas obras, las he analizado minuciosamente intentando encontrar algo en ellas... Pero nada... —dije negando con la cabeza—. Porque intuyo que la clave no está ahí —añadí con convencimiento.

—¿Y dónde intuyes que está? —preguntó revolviéndose en su silla.

Le conté lo de las anotaciones que hizo fray Benito antes de morir, el «tengo la sustancia primera», lo de «Canelo ya es como Janto» y el manuscrito apógrafo de *La Noche Oscura* de San Juan de la Cruz.

—¡Hay también un perro inmortal! —Hugo estaba estupefacto.

—Un mastín. Lo extraño es que el fraile no tomara como su mascota él también el elixir, la sustancia primera, como él lo denominaba. Posiblemente, no le dio tiempo.

—No creo. Pudo tomarlo en el mismo momento en el que se lo dio a su perro. Era un hombre muy sagaz, seguro que intuía que iban a liquidarlo después del descubrimiento, o bien el rey o bien sus enemigos. Era obvio que no iba a durar mucho con vida. Supongo que este hombre renunció voluntariamente a la inmortalidad... Sin duda, era un hombre inteligente.

—¿Quién lo envenenó?

—Los Bisontes sabían que Felipe II llevaba años buscando el elixir, siempre tuvieron espías introducidos en las boticas, concretamente en El Escorial lograron infiltrar como ayudante de fray Benito a un joven flamenco vinculado a las familias del conde de Egmont y del barón de Montigny. Este joven, el mismo día en que fray Benito descubrió la sustancia lo comunicó a los Bisontes, quienes le ordenaron que se hiciera con el elixir, envenenara al fraile, como sucedió días después, y que se incautara de la documentación sobre sus experimentaciones, si bien según el joven no encontró documento alguno.

—Los papeles los tengo yo. Pero es que realmente no dicen nada sobre la composición del elixir... Supongo que los Bisontes guardarían alguna muestra de la sustancia ¿no?

—La guardaron. Los Bisontes una vez hicieron el reparto del elixir entre las distintas familias, decidieron reservar una dosis para la investigación. Pero la persona que custodiaba esa muestra, un conde inglés elegido por su probidad y buen juicio, no pudo resistir la tentación y se la entregó a su nieto muy enfermo para salvarle la vida. El nieto es Gabriel, el chico que conociste ayer.

—¿Y tú crees que fray Benito guardó la fórmula en alguna parte? —pregunté mordiéndome los labios de la ansiedad.

—Yo albergo la esperanza de que sí...

—¿Guardaría la fórmula o solo una muestra?

—No lo sé. Pero tengo la intuición de que algo guardó y lo puso a salvo en algún sitio...

—La respuesta, en el supuesto de que la haya, tiene que estar en el poema de San Juan de la Cruz.

—¿Tienes algún hilo por el que empezar a tirar? —preguntó Hugo con su mirada ávida.

—¿Conoces el poema *La noche oscura del alma*?

—Sí. Trata de la unión mística del alma con Cristo.

—Así es. Y ese proceso tiene, según los místicos, tres vías: la purgativa, donde el alma se despega de lo terrenal y mediante la penitencia se purifica de los pecados; la iluminativa, en la que el alma medita sobre Dios y, guiada por la luz de la fe, asciende hacia Dios y alcanza la sabiduría iluminadora; y la unitiva, que es cuando el alma se funde con Dios, se logra la anulación de los sentidos y finalmente, el éxtasis.

—Perfecto análisis. Un diez para la bella farmacéutica... ¿Y?

—Recordarás que el poema empieza con la huida nocturna de la amada, o sea el alma, en busca de su amado, es decir Dios... La amante abandona su casa sigilosa aprovechando la tranquilidad de la noche, el poema dice: *salí sin ser notada/ estando ya mi casa sosegada,/ a oscuras y segura/ por la secreta escala disfrazada.*

—Es lo que has explicado de la vía purgativa, en la noche desaparece lo sensible, el alma se aparta de las cosas del mundo.

—Bien, pues aquí está mi hilo. Aquí justo fue donde encontré un hilo por el que empezar a tirar. Fray Benito era un hombre práctico, en varios de sus documentos insiste mucho en que hay que centrarse en lo esencial. Eso me llevó a pensar que tenía que hacer caso omiso a la alegoría del poema y prestar más atención a lo esencial, a lo práctico, a lo que se ve: el poema arranca con una mujer que abandona su casa. Creo que ahí está la clave, en la casa... Lo que fray Benito podría querernos decir con esto, y por eso creo que dejó el poema junto a sus documentos a modo de mapa del tesoro, es: empezad por la casa.

—¿Por qué casa? —preguntó Hugo con el ceño fruncido.

—Por la suya. Era de un pueblo de La Mancha llamado Casas de la Fuente. Él de hecho partió de su casa, como la amada del poema, para encontrarse con Dios, en su caso para ordenarse como fraile jerónimo.

—¿Y su casa sigue en pie?

—Sí, está habitada. Yo estuve hace más de doce años y no encontré nada... Pero puede ser que no buscara bien...

—¿Entraste en la casa?

—Me colé y accedí a un jardín en la parte de atrás. Creo que si escondió el elixir en algún sitio, tiene que ser en el jardín junto a las azucenas.

Entre las azucenas olvidado

—¿Por qué crees eso?

—¿Te acuerdas de cómo sigue el poema? El alma, después de huir de su casa y guiada por la luz de su amor a Dios, logra unirse con su amado, fundirse con él y descansar tras la consumación amorosa. El poema dice: *Quedéme y olvidéme/ el rostro recliné sobre el amado;/ cesó todo, y dejéme/ dejando mi cuidado/ entre las azucenas olvidado.*

—No recordaba lo de las azucenas...

—Las azucenas simbolizan muchas cosas, yo me he roto la cabeza buscando posibles significados, pero por lo poco que conozco a fray Benito, no pienso que se complicara mucho la existencia con la simbología. Creo que si el poema dice «azucenas» son azucenas lo que hay que buscar.

—¿Y qué pasó cuando te colaste en el jardín? —preguntó Hugo revolviéndose en su asiento.

—Encontré unas azucenas junto a una tapia y justo en esa zona estuve horadando la tierra con unos bastones de senderismo. Pero no hallé nada... Tampoco estuve mucho tiempo, porque escuché que un coche se acercaba y me tuve que marchar.

—Lo que hubiese dado por verte... —dijo con guasa.

—Manejo muy bien los bastones, ¿quieres probarlo?

—Recuerda que soy inmortal —replicó alzando las cejas.

—Pero, de momento, la mente te la abro.

—Yo soy muy abierto de miras.

—Yo te las puedo abrir más.

—Seguro que puedes enseñarme muchas cosas nuevas —habló mordiéndose los labios y con los ojos risueños.

—No lo dudes.

—La casa de fray Benito, por ejemplo. ¿Volviste a ir por allí? Me habría gustado tanto verte con los bastones...

—Pues no volví. No. Al poco sucedió lo de la visita de Francesca y lo dejé todo. Pero si quieres, podemos regresar juntos y los bastones los llevas tú.

La mirada de Hugo se encendió...

—¡Claro que quiero! ¿Mañana puedes?

Me moría de ganas de volver a verle otra vez. No solo es que pudiera, es que era lo que más deseaba en el mundo que sucediera.

—Tendría que hablarlo con Lily, con mi jefa.

Me hice un poco la interesante porque Lily siempre que le pedía un día, me lo concedía.

—¿Cuándo sabrías si puedes?

—Esta noche...

—Esta noche te llamo, me dices si puedes y luego me das las buenas noches con dulzura.

—De acuerdo. Dame tu número —dije sin ganas, fingiendo que no me moría de ganas de tener su número.

Después, le hice una llamada perdida.

—Me pondré una sintonía especial para tu número. —Hugo registró mi teléfono con una sonrisita en los labios.

—¿Qué sintonía?

—Rossini, *La danza: Una tarantela napolitana.*

—¿Por alguna razón en especial? —pregunté enarcando una ceja.

—Entiende que soy un hombre antiguo, mis referentes son esos —explicó llevándose la mano al pecho—. No te voy a poner una de Emiliano.

Entre las azucenas olvidado

—¿Quién es Emiliano?
—Un *dj* que le gusta a mi hermana.
—Luciano —le corregí muerta de risa.
—Es que *La danza* de Rossini es una tarantela que me recuerda a nosotros. La tarantela era un baile de galanteo, lo que yo no dejo de hacer contigo desde que te conozco...
—No me he dado casi cuenta —dije dando un manotazo al aire.
—La letra dice: *Già la luna è in mezzo al mare*... Ya la luna está en el mar, como cuando sucedió lo nuestro. —Hugo me guiñó un ojo.
—No había luna.
—Bueno, pero lo suyo es que la luna esté ahí. Que le tocara estar nueva, es pura anécdota. Y luego... dice otra cosa: *L'ora é bella per danzare, chi é in amor non mancherà* —canturreó—. El amor no fallará...
—Cantas fatal.
—La parte final es la que canto mejor: *La la ra la ra la ra la ra la*...
Cuando ya estaba preguntándome si el vino haría en los inmortales más estragos que en los mortales, Hugo se calló de repente y se puso en pie:
—¡Baronesa, qué alegría verte!
¿Baronesa Thyssen? Me giré rápidamente para comprobar a quién saludaba Hugo y me topé con una señora con media melena canosa, gafas de pasta verde y un caftán amarillo que se parecía más a Pitita Ridruejo que a Carmen Cervera.
—Yo sí que te veo contento. Eso es porque acabas de cerrar una buena compra.

—Baronesa, te presento a Eva Villena.

La baronesa Marion Lambert me estrechó la mano con ímpetu y luego añadió mirándome sin pestañear, con una voz hipnótica:

—Soy Marion Lambert, todo lo que le interesa a Hugo a mí me interesa. Tiene el mejor ojo. Él y yo solemos compartir los mismos flechazos. Llámame. Y ahora perdonadme, que me esperan fuera...

La baronesa se marchó dejándome casi hipnotizada.

—¿Quién es? —pregunté fascinada.

—Es una de las grandes coleccionistas de arte. Te ha confundido con una marchante. Solemos enamorarnos de las mismas obras, pero a pesar de todo tenemos una buena relación. Lo que no sé es qué hará por Ibiza, nunca habíamos coincidido —dijo encogiéndose de hombros.

—No será una de los Bisontes... ¿Y si nos ha dejado una cámara en forma de pelo?

—No. Puedes seguir hablando con total tranquilidad.

¿No quería tarantelas y galanteos? Entonces, iba a intensificar lo de hacerme la remolona y la interesante.

—En el caso de que pueda ir mañana al pueblo manchego de fray Benito...

—¿Sí...?

—¿Tienes algún plan para agujerear el jardín de una propiedad privada sin levantar sospechas?

—Llevar un topo.

—¿Es el humor que te gastas habitualmente o es el vino?

—Las dos opciones son correctas.

—Es que no se me ocurre cómo...

Entre las azucenas olvidado

—A mí se me ocurrirá.

Me sentó fatal. Sonó a «yo tengo las neuronas que a ti te faltan».

—Como que yo no llevo tiempo pensando en cómo hacerlo y nada... No es tan fácil —repliqué molesta. Un poco. Sin que se me notara mucho.

—No te pongas así, *mon chou*. —Pues no debí de fingir del todo bien—. Que yo sé más por viejo que por diablo. Además, soy un duque con carisma, es difícil resistirse a mis encantos. Tú eres el ejemplo, ¿cuánto has tardado en desembucharme tus secretos?

—Nada, he caído con todo el equipo. —Dado lo mal que disimulaba, decidí empezar a decir la verdad.

—Igual pasará con los dueños de la casa donde vivió fray Benito: dejarán gustosos que les pongamos el jardín como un queso de Gruyère. Ya lo verás, *chérie*.

Destino: La Mancha

CAPÍTULO 7

Durante el vuelo de regreso a Madrid, Estrella y yo solo hablamos de una cosa:
—No me puedo creer que se te haya escapado vivo.
—Es mejor ir poco a poco. No conviene precipitar las cosas. —Y clavé mi mirada en los pespuntes blancos de la tapicería del asiento gris que tenía delante, para que no se diera cuenta de que estaba mintiendo.
—Yo es que ante un ejemplar así, me herviría la sangre. Lo que menos estaría pensando es en ir despacio, a no ser que lo tuviera debajo de mí.
—Tampoco tuvimos muchas ocasiones de estar juntos…
Estrella me miró con compasión, retiró un mechón de mi pelo y dijo agitando sus aros de color verde fosforito:
—Pero eso se busca, reina. El destino nunca viene a buscarte a la puerta de tu casa.
—¿Y los que mueren en la bañera? ¿O en la cama? —repliqué trágica.
—Sí, bueno, pero lo que quiero decirte es que si quieres peces, te tienes que mojar el culo.

Entre las azucenas olvidado

—A lo mejor mañana nos vemos.

No pude contener una sonrisa anchísima.

—¡Esa es mi niña!

Estrella me cogió por los carrillos y me plantó un beso en la cara.

—Bien, bien —dijo dándome unos golpecitos en el muslo—. Si yo todo esto que te digo es porque como te veo un poco paradita... Ojo, que creo en ti, y sé que eres una chica lista, pero como que te veo que te falta que te den un empujón.

Si me llegan a dar un empujón, habría muerto en la cala ibicenca.

—Pero tú no te preocupes que para eso están las amigas, yo estoy aquí para infundirte ganas, fuerza y lo que haga falta.

Me entraron ganas de contar la verdad, de gritar que me sobraban ganas y fuerza para volver a estar con Hugo, que precisamente esa fuerza era la que hacía no solo vencer mi desconfianza y mis miedos, sino sentir una serenidad y una intimidad que hacían el salto obligatorio. En otras ocasiones, por mi tendencia a pensar lo mejor de las personas que voy conociendo, por pura fe en el ser humano más que por ingenuidad o bobería, o eso quiero creer, me había lanzado a dar el salto sin tenerlo muy seguro, incluso sabiendo que el batacazo estaba asegurado. Pero ahora que vibraba, sintonizaba y resonaba con Hugo lo que menos necesitaba era que nadie me empujara al abismo, ya saltaba yo solita y con gusto. ¡Mucho gusto!

Si bien, preferí callarme y seguir pasando por pava, para

evitarme el consejo de que lo llamara esa misma noche y acabara haciendo el amor sobre la lavadora.

—Muchas gracias, Estrella. Tú también puedes contar conmigo.

—Lo que siento es haberte fastidiado la escapada.

Yo no lo sentía, en el fondo me alegraba de que se hubiera pasado el fin de semana en el camarote, pues no habría dejado de azuzarme para que violara a Hugo y yo, indefectiblemente, habría acabado arrojándola por la borda.

—Lo importante es que tú ya estás bien.

—Sí, en cuanto me he bajado de ese chisme diabólico. Dos días más y me dan la extremaunción. Soy más carne de avión que de barco y eso que soy Piscis.

—A lo mejor influye el ascendente...

—Será eso, sí. Pero bueno, si tu amigo me vuelve a invitar, yo aceptaré gustosa porque la navegación creo que tiene que ser una cuestión de habituación, ¿no crees?

Creía que ni con las horas de navegación de un experto marinero mi amiga lograría subirse a un barco sin ponerse al borde de la extremaunción, pero en vez de eso le dije:

—Es cierto. A Marichalar porque no le dieron tiempo, que si no... habría acabado compitiendo en alguna modalidad olímpica de vela.

—Está claro...

Miré por la ventana y ya se veían los puntitos de la ciudad, como estrellas de un cielo invertido, que se preparaba para otra noche calurosa de verano.

Aterrizamos y tuve que llevar del brazo a Estrella hasta que nos subimos al taxi porque tenía el mal de tierra.

Entre las azucenas olvidado

—Tía, me mareo, noto como el cuerpo se menea solo y el suelo se mueve como si estuviera a la espera del cuchareo.

—¿El cuchareo? —pregunté intrigada.

—Me lo explicó un joven marinero del barco durante un ratillo que salí a la cubierta. Los barcos tienen tres movimientos: el balanceo, el cabeceo y el cuchareo, que es el peor, y se llama así porque se parece al que hace la cuchara cuando comemos. Me lo explicó porque le vomité esta mañana encima mientras fondeábamos, le puse perdido desde la gorra a los zapatos. Pasé un bochorno... Pero él, que no era guapo pero sí tenía un punto, el punto ese que da el uniforme aunque se pringue, no perdió la sonrisa ni un momento, al contrario, hasta me dio explicaciones: «Nada, señora, no se apure que es el cuchareo. Esto me pasa todos los días». Pobre muchacho. Qué trabajo...

Dejé a Estrella en su casa, a la que acompañé hasta la puerta para evitar que se fuera para los lados y los vecinos pensaran que volvía borracha después de un largo fin de semana fuera...

—Es que vivo rodeada de cotillas y me fastidiaría muchísimo que me colgaran el cartel de beoda cuando soy la que tengo el comportamiento más ejemplar de toda la finca.

Después, me fui a mi casa y lo primero que hice fue llamar a Lily:

—¿Te molesto?

Se escuchaban voces de niños salvajes...

—Ojalá. Me pillas en el parque sacando al perro. ¿Qué tal el *finde*?

—Genial —respondí eufórica.
—¿Qué ha pasado? —me preguntó curiosa.
—Hemos navegado, hemos ido a un concierto de David Guetta, hemos comido en un sitio precioso...
—¿Y con Hugo? ¿Qué tal? ¿Le dejaste claro que no tienes la información que buscaba?
—Sí, pero...

No podía decirle que no solo lo había desembuchado todo, sino que ahora éramos un equipo a la búsqueda del elixir de fray Benito. Así que opté por contar una media verdad, que siempre es una mentira más pequeñita.

—¿Pero qué? —me preguntó más que intrigada.
—Ha pasado algo inesperado —respondí enigmática.
—Enchocharse con un tío como Hugo D'Argel no es nada inesperado. Es lo más normal que te puede pasar.

La palabra «enchocharse» me dolió como cuando alguien te echa encima cinco años más de los que tienes. Ya sé que mi amiga no utilizó esa palabra con la intención de hacerme daño, sino todo lo contrario pero, caray, cómo me dolió ese verbo.

—Esto es diferente —susurré, todavía dando vueltas sobre mi eje tras el guantazo verbal.
—Ya. Es un duque con pasta. Es otra liga, amiga.
—No vengo enamorada de los escenarios, del barco, de la buena vida, no...
—Espérate a que veas su colección de arte. Si no tienes un orgasmo allí mismo, te faltará poco.
—No, de verdad, es él. Es su mirada, son sus manos, es la forma que tiene de hablar, de ver las cosas, de estar en el mundo. Tiene vida. Tiene ilusión. Le gusta jugar, gam-

berrear, pasarlo bien. Pero al mismo tiempo es de los que quieren superarse todos los días y de alguna manera te empuja a hacer lo mismo...

—Ya sabes que soy atea, no creo en la religión del amor. No esperes que grite ni que salte, pero me alegro mucho de lo que te está pasando.

—Me ha propuesto hacer una excursión mañana.

—¿Adónde?

—A La Mancha.

—Pero si mañana estaremos en alerta roja por la ola de calor... Se esperan temperaturas en la meseta de más de cuarenta grados.

—Ya, pero es que le encanta La Mancha. Es un gran admirador de Cervantes, de Almodóvar y de Iniesta.

No dije Sara Montiel porque era francés y supuestamente joven, que si no también la habría incluido en la lista.

—Me parece estupendo, pero sería mejor hacer la excursión en otoño. ¿No te parece?

Claro que me parecía... Las ganas que yo tenía de ponerme a cavar al sol con cuarenta y ocho grados. Pero no me quedaba otra, así que puse una voz convincente y añadí:

—Es que le hace ilusión hacerla ahora.

—Yo me buscaría otro destino más fresco. ¿Qué tal Burgos?

Con lo fácil que hubiese sido pedirle el día libre sin más...

—Lo hablaremos, sí. Pues nada, que te llamaba para decirte que me voy a coger el día de mañana.

—Cógete los días que necesites. Todavía no has disfrutado las vacaciones, aprovecha el momento.
—Muchas gracias, en principio, solo mañana.
—¡Pásalo muy bien! ¡Y no te canses mucho!
—¿Cansarme por qué? —¿Acaso por el tono de mi voz se podía entrever mis verdaderas intenciones de pasarme el día horadando un terreno?
—La Mancha, el calor... Lo normal es cansarse.
—Ah, sí, claro...

Después de colgar, puse una lavadora, cené y llamé a Hugo. Al primer tono, lo cogió:

—¡Hola! —saludé.
—¿A qué hora paso a recogerte?
—¿Me tenéis pinchados los teléfonos?

Era eso o era un sobradito de tres pares de narices.

—Había muchas probabilidades de que vinieras, además tú tienes las mismas ganas que yo de ir al pueblo de fray Benito.
—Tampoco te pases...

Yo tenía ganas por estar con él. A mí el asunto de fray Benito hacía mucho tiempo que me había dejado de quitar el sueño.

—¿Ah, no? —preguntó con la voz encogida.
—No. Ni quiero que tú dejes de ser inmortal, ni yo quiero serlo.
—Pero se podría ayudar a mucha gente, aunque fuera con una pequeña dosis del elixir. Se podrían hacer investigaciones. Estoy convencido de que con el estudio, aunque fuera de una pequeña muestra, se lograría la cura para muchas enfermedades y también se podría hallar el antí-

Entre las azucenas olvidado

doto para dejar de ser inmortal. ¿Por qué no? El mundo estaría mucho mejor si muchos Bisontes desaparecieran...

—A mí el que no me interesa que desaparezca eres tú.

—Eso lo dices ahora, en cuanto me conozcas un poco más, tú misma serás la que viertas el antídoto en mi sopa sin que me dé cuenta, en el supuesto de que lleguemos a encontrarlo.

—Dudo mucho de que llegue ese momento.

—¿Vamos mañana entonces al pueblo ese o no? Si no quieres seguir adelante, lo dejamos y ya está. Nos vamos a otro sitio. Adonde tú quieras.

Por un lado quería dejarlo, me daba demasiado miedo seguir con todo aquello, pero por otra parte me parecía injusto negarle la esperanza al mundo en general y a Hugo en particular. No tenía pasta de heroína, era demasiado cobarde, pero no lo suficientemente boba como para percatarme de que ese no era el momento para que la balanza se quedara en el fiel.

—Ven mañana —dije convencida.

—¿Seguro?

—Sí. Claro. ¿No me has oído?

—Gracias. De verdad. Gracias —musitó emocionado.

—Ven pronto, porque mañana va a hacer muchísimo calor.

—¿A las siete te parece bien?

Me parecía más que bien. De hecho, me parecía un sueño que apenas me quedaran unas horas para volver a verlo.

—¡Sí! Te doy mi dirección.

—Ya la tengo. La cogí de los archivos que le mangamos

a Francesca... Entonces, nos vemos mañana. Cógete un sombrero y ponte unos pantalones cortos en tonos safari y una camiseta blanca.

De repente, saltaron mis alarmas. Había perdido la cabeza por él, pero no del todo. ¿Qué era eso de escoger mis estilismos como si yo fuera una hortera que no supiera vestirse? ¿Cómo pensaba que iba a acudir para la ocasión, con traje largo y pamela?

—¿Por qué tengo que vestirme así?

—Confía en mí. Forma parte del plan. De lo demás me encargo yo.

—¿Lo demás?

—Relájate. No pienses cosas raras, lo demás para hacer zanjas.

—Si quieres también me llevo los bastones de senderismo.

—No hace falta. Lo tengo todo controlado. Había pensado en llevar también un detector de metales de mano...

—A mí se me ocurrió en su día, pero si lo que buscamos es el alcaesto, dudo que lo detecte la máquina.

—Es lo mismo que he pensado yo. ¡Ay, qué poquito queda! Llevo echándote de menos desde que te dejé en el aeropuerto.

—Y yo —suspiré, dejándome caer en el sofá.

—Tenías que haberte quedado conmigo esta noche en el barco...

—Me parecía mal que mi amiga se volviera sola, todavía sigue mareada.

—Con mal de tierra. Yo estoy con algo parecido.

—¿Tú tienes algo parecido?

Entre las azucenas olvidado

¿Los inmortales padecían de mareos?

—Sí, mal de Eva. Desde que te fuiste todo me da vueltas, me has dejado *tolili* total.

—Mañana te curo.

—Sí, por favor...

A la mañana siguiente, a las siete, Hugo estaba llamando al timbre de mi puerta con un ramo de azucenas en la mano. Sentí que mi madre estuviera en Benidorm y se perdiera el momentazo: se habría sentido tan orgullosa de mí...

—¡Buenos días! ¡Son para ti! —exclamó Hugo feliz.

—¿Pero por qué?

—Por esto...

Hugo me dio un beso que me dejó sin aliento y luego añadió:

—Merecía el beso el ramo, ¿a que sí?

—Y un diploma olímpico —dije acariciando su rostro recién afeitado.

—Qué diploma. Tres medallas de oro como poco. Las azucenas son también para que nos den suerte, igual que en las cuevas prehistóricas se pintaba lo que se quería cazar, yo he traído azucenas para que nos conduzcan a lo que buscamos.

—Ojalá.

Aunque a mí me parecía que era más fácil encontrar la mítica aguja que se perdió en aquel pajar que el elixir de fray Benito en su casa de la infancia.

—Yo voy muy ilusionado.

Optó por cambiar de tema porque no quería contagiarle con mi pensamiento cenizo.

—¿Has desayunado?

—Sí, ¿tú estás ya?

—Mira, voy vestida como me dijiste.

Le mostré orgullosa mi atuendo: una camiseta de pico blanca y unos pantalones de color caqui casi por la rodilla, de los tiempos en que un pantalón-braga como los que se llevaban ese verano era una osadía que solo podía permitirse Sabrina, la del *Boys Boys*.

—Vas perfecta —me piropeó Hugo.

Momento en el que me percaté de que él iba vestido exactamente igual que yo.

—¡Parece que somos gemelos!

Éramos como esas parejas que van vestidas igual, como si tuvieran un solo corazón, un solo cerebro y un solo criterio estético.

—De eso es de lo que se trata. Te lo cuento por el camino. Lo mejor es que salgamos cuanto antes.

Nos subimos en su coche, un Golf negro. Lo cierto es que esperaba una cosa mucho más aparente para un duque con posibles. O era un hombre discreto, cosa que decía mucho de él, o era uno de esos fóbicos a los arañazos y a los rayones que ponen una funda al coche nada más llevárselo del concesionario y nunca más vuelven a sacarlo del garaje. ¿Hugo sería así?

—Mis burras están en París —dijo nada más arrancar el coche con una llave que iba colgada de un llavero de Hello Kitty.

—¿Qué burras?

¿De qué hablaba ahora? ¿A quién le habría mangado el coche?

Entre las azucenas olvidado

—La burra es el coche. Este es el de Laura, yo en Madrid no tengo casa ni coche. Vivo en París la mayor parte del año. Cuando vengo a Madrid me quedo en casa de mi hermana y me apropio de todo lo que necesito. Me encanta birlarle sus pañuelos y sus bufandas...

Me quedé mirando su perfil, era simplemente perfecto. La frente ancha, las pestañas largas y rizadas, la nariz recta, el surco nasogeniano, la barbilla sinuosa, hasta los mechones de pelo que caían sobre su frente no podían resultar más irresistibles. Y luego estaban sus brazos, bronceados y firmes, y sus manos fuertes que agarraban el volante con un arte que no me hubiese importado convertirme en un objeto redondo, negro y con una W inscrita en su centro.

—Dime, ¿te lo cuento? —me preguntó enarcando una ceja.

—¿El qué? ¿Cómo desvalijas la casa de tu hermana cada vez que vas a visitarla?

—No. Lo que te acabo de decir...

Como que estaba yo para escuchar algo en mitad de un éxtasis por contemplación de una belleza sublime. Pero Hugo no iba a entenderlo, así que decidí seguirle la corriente:

—¡Ah sí! Cuéntamelo.

—Mi hermana estuvo buscándome datos de los propietarios actuales de la casa de fray Benito y son dos nonagenarios que la compraron hace más de sesenta años.

—Pues sí que estamos bien —dije con un gesto de contrariedad.

—¿Por qué?

—Los viejos son sumamente territoriales. No permiten

que nadie toque sus cosas. Lo vamos a tener complicadísimo. Ya te lo digo yo.

—A lo mejor con mi plan... Acabo de hablar con ellos y nos esperan.

Miré a Hugo con cara de incredulidad.

—¿Qué plan?

—A partir de este momento seremos: ¡los hermanos Villena! —exclamó todo orgulloso de su invento.

—¿*Queeeeeé?*

—Sí. Nuestra abuela, Filomena...

—¿Filomena? ¿Por qué Filomena?

—Es un nombre de abuela.

—Pero es raro. Y luego con los nervios nos vamos a equivocar y la vamos a llamar Filistea, Felisinda, Feliciana...

—No pongas pegas por poner.

¿Estábamos teniendo nuestra primera discusión de enamorados?

—Eso te puede pasar con cualquier nombre. Si elegimos Juana, te puedes equivocar y llamarla Paca. O Antonia.

—¿Entonces?

—Se llama Filomena. Tampoco es tan difícil. Nuestro abuelo la llamaba Filito.

—¿Filito? ¡Filito suena a torero! ¡Filito de la Cruz! ¡Filito de Córdoba!

—Filito. No es negociable. Y resulta que nuestra abuela que está...

—Muy enferma.

—No, muy enferma tampoco. Si estuviera muy enferma

Entre las azucenas olvidado

no tendría cuerpo para pedir a los nietos que le trajeran una caja que enterró en casa de una tía lejana, en un pueblo de La Mancha, hace noventa años...

—¿Noventa años? Entonces ¿cuántos años tiene la abuela ahora?

—Noventa y ocho, pero está perfectamente. De cuerpo y de cabeza. Los jueves todavía organiza partidas de canasta con las amigas...

—¿Aún tiene amigas vivas?

—La gente no se hace tantas preguntas. No pierdas tiempo con eso. Lo importante es que nuestra abuela enterró, en la parte de atrás de la casa, junto a las azucenas, recuerdos muy queridos para ella: un anillo de alpaca de su madre, unos pendientes de azabache de su abuela, un abanico de una tía, un misal de su Primera Comunión, unos guantes de cabritilla, unas postales y unas tarjetas de felicitación muy bonitas...

—¡Para! —exclamé llevándome las manos a la cara—. Más que una cajita de recuerdos de una niña, parece la caja de seguridad de una rica heredera en un banco suizo.

—Son cosas sencillas...

—Se me va a olvidar todo. Cuando estoy ante una situación de estrés, suelo quedarme empanada.

—No pasa nada. Diremos que mi hermana es muda...

De cuando fuimos hermanos

CAPÍTULO 8

La Mancha es como una gran alfombra voladora con estampados de olivos, viñedos, cabras y ruinas. A mí que no me den mandalas ópticos... La Mancha impacta en mi quiasma óptico de tal forma que me provoca siempre una descarga química de neurotransmisores que me deja flipada para tres meses.

La llanura mágica manchega coloca y así llegué yo, colocadísima, a nuestro destino: Casas de la Fuente, un pueblo de calles empedradas y casas blancas, enjalbegadas de cal, de grandes ventanas con rejas de hierro y amplios portones de madera recia.

Eran ya las nueve y media de la mañana cuando el duque aparcó junto a la puerta de la que fuera la casa de fray Benito. No había un alma por la calle. El sol todavía no pegaba mucho, pero amenazaba con hacerlo en breve y sin piedad.

Hugo llamó al timbre que había junto al portón por donde en su día accedían los caballos y las carretas al patio que en su centro tenía un pozo con un brocal oxidado abrazado a una cuerda, en cuyo extremo colgaba un

Entre las azucenas olvidado

cubo... Por lo menos, así era como yo lo recordaba de la última vez que estuve allí.

Si bien tuve que esperarme un poco para comprobarlo, porque pasaron unos minutos y aún no había ningún nonagenario a la vista...

—Tu plan —le dije poniendo un mohín de decepción.

—Son mayores. Hasta que alcancen el portón pasará un rato.

—Podemos probar a empujar la puerta, la vez que vine estaba abierta, y ver si hay alguien.

—No seas ansiosa.

—¿Ansiosa? Vengo muy relajada después de meterme en vena la estepa manchega.

—Vamos a esperar a que nos abran. Mientras tanto, podemos dedicarnos a repasar nuestro plan.

—Yo no tengo nada que repasar. Has escrito un guion demasiado complicado...

—Pero si es...

Hugo se calló porque el portón se abrió un poco y, por ese huequecito, sacó la cabeza una señora diminuta y viejísima.

—Buenos días, señora, soy Hugo Villena, hablé con usted anoche...

—Sí, os estaba esperando. Soy Leonor. —La señora abrió un poco más la puerta y pudimos comprobar que parecía una sota de bastos: melenita rubia, camisa azul, falda roja y zapatos verdes—. ¿Cómo estáis? —dijo sonriente, estrechando nuestras manos.

—Yo soy Eva. Muy bien, ¿y usted? —respondí para mi espanto, porque ya no podía hacerme pasar por muda.

—Pasad, por favor.

La señora hablaba sin acento manchego... Un castellano neutro que ni el mismísimo profesor Higgins hubiese sido capaz de situar en el mapa.
—¿No es usted de aquí? —pregunté.
—Sí, pero hemos vivido en muchos sitios. ¿Queréis desayunar?
—No, muchas gracias —respondió Hugo mientras atravesábamos el patio que estaba tal y como yo lo recordaba—. Lo que nos gustaría, si usted tiene la bondad, es empezar cuanto antes con la búsqueda de la cajita de la abuela Filito.
—Sí, hoy va a apretar mucho el calor.
—Mi hermana es hipotensa, no hace mucho además le dio un golpe de calor: no bebe suficiente agua, hace ejercicio intenso en las horas centrales del día, no se cubre la cabeza...
¿Realmente hacía falta que me abocetara como una irresponsable?
—Eres idiota —me espetó la señora, y con razón. Yo desde luego no esperaba que me dijera otra cosa.
—Se puso malísima, cuarenta de fiebre, vómitos, diarreas...
Hugo seguía haciéndome el traje.
—Bien empleado te está, por boba.
—Tiene usted razón, señora —dije.
La anciana se paró en seco junto al pozo y nos habló muy misteriosa:
—Una cosita, jóvenes... Antes de que empecéis a cavar me gustaría advertiros de que si sois ladrones debéis saber que no tenemos nada aquí, no somos tan estúpidos como para tener el dinero en casa. Y si vuestra idea es secues-

Entre las azucenas olvidado

trarnos y torturarnos para que os demos las claves de nuestras cuentas, os diré que nos han hecho tantas perrerías en los hospitales que estamos inmunizados: nada puede hacernos cantar *La Traviata*.

—No, señora —se excusó Hugo—, solo venimos a por la caja de recuerdos de la abuela.

—En ese caso, os expongo nuestras condiciones. Mi marido y yo hemos estado hablando y hemos llegado a la conclusión de que tenemos que ver lo que encontréis. Si es algo de valor, nos lo quedaremos nosotros, que somos los dueños de la finca.

Los nonagenarios que iban a dejar gustosos que agujereasen su jardín seducidos por los encantos de Hugo sabían latín y griego.

—Señora —replicó Hugo—, mi abuela no enterró el tesoro de un pirata... Son objetos que solo tienen gran valor sentimental para ella.

—Nosotros no os pedimos más que en el caso de que encontréis algo nos lo mostréis, y si es de valor, lo confiscaremos. De aquí no sale.

La señora miró a Hugo desafiante. Tenía la cara arrugadísima, pero todavía conservaba en la mirada una viveza cuya raíz debía de estar en la inteligencia que le había permitido, con solo mover dos peones, derribar las torres del orgullo del duque encantador.

—Bien... —musitó Hugo desarmado.

—¿Hay trato? —dijo la señora con una sonrisa vencedora.

—Hay —zanjé.

—Perfecto. Pues ahora sí que podéis empezar cuando queráis.

—Eva, ¿me ayudas a traer las cosas del coche? —me preguntó Hugo, que no sabía por dónde se andaba.

Ya fuera, mientras sacaba las dos palas del maletero, me susurró perplejo:

—¿Pero cómo cierras el trato con esa maquiavélica mujer?

—¿Tú qué pensabas hacer? ¿Seguir desplegando tus maravillosas dotes de seducción que veo que funcionan estupendamente?

—Como encontremos el elixir en forma de polvo de proyección, que es como lo tomamos nosotros, los yayoestrategas lo van a probar y, con los listos que son, solo van a necesitar tres días para convertirse en los amos del mundo.

—Podemos decir que la abuela se equivocó, que realmente era un recipiente que contenía arena que le trajo su padre de un viaje a Egipto —sugerí.

—¿Para qué va a necesitar una abuela la arena del desierto que le trajo su padre? No tiene ni pies ni cabeza lo que dices. Además, una abuela que juega a la canasta dudo mucho que se equivoque.

—Ya te dije que tu guion era penoso. No tenías que haber dado tantos detalles... hasta los guantes de cabritilla. ¡A quién se le ocurre! —exclamé apoyándome en la pala que Hugo acababa de tenderme.

—Lo que sí puede ser es que se hayan quedado triturados todos esos recuerdos por el paso del tiempo.

¿Me lo estaba diciendo en serio?

—Más bien sería por el paso de treinta apisonadoras. A ti el calor te está empezando a afectar... —dije haciendo el gesto de que le faltaba un tornillo.

Entre las azucenas olvidado

—Pues nada. Si lo encontramos, lo abrimos y decimos: «Es solo polvo. Aquí no hay nada».

—«Sí, señora —dije imitando la voz grave de Hugo—, todo apunta a que lo que acabamos de encontrar es un recuerdo del anterior propietario que se debió de pasar toda la vida coleccionando el polvo de las estanterías. Ya ve. Qué pérdida de tiempo. Esto no sirve para nada, señora... Le repito que es solo polvo... Pero me lo llevo...». Hugo —seguí ya con mi voz habitual—: no hay quien se lo crea. Y muchos menos esa vieja que es un lince.

Hugo se llevó las manos a la cara, cogió aire, bufó y luego soltó:

—Me estás poniendo nervioso.

—Eres inmortal. No te va a pasar nada.

—Además, estamos anticipando muchas cosas. Lo primero es encontrar el elixir y luego ya actuaremos en consecuencia.

—La consecuencia va a ser que no vas a encontrar ninguna razón creíble para justificar que te lleves el recipiente.

—Gracias por tus ánimos. Ya se nos ocurrirá algo. Improvisaremos. Somos creativos. ¡Saldremos airosos de esta! —exclamó guiñándome un ojo.

—¿Te crees lo que estás diciendo? —pregunté poniendo cara de incredulidad mientras cargaba con mi pala, como si fuera un soldado con su lanza.

—Vamos para adentro, que menuda compañera de baile me he buscado... ¡Y ponte el sombrero!

Hugo cogió el sombrero que estaba en el maletero del coche y me lo puso. Luego cerró el coche, cargó con sus bártulos y volvimos a entrar en la casa donde nos estaba esperando Leonor junto al pozo.

Nada más vernos, se frotó las manos y se le puso una mirada ávida que a mí me dio miedo.

—Seguidme, que os llevo hasta la parte de atrás —dijo la anciana haciendo un gesto enérgico con la mano para que la siguiéramos.

Leonor abrió la puerta que estaba frente al pozo, la misma que yo había abierto hacía unos años y que conducía a las azucenas. Todo seguía igual: el largo pasillo de paredes blancas y zócalos de azulejería de Talavera con motivos geométricos, probablemente de los tiempos de fray Benito, con puertas a ambos lados que se abrían a distintas estancias de la casa y al final, la parte trasera de la casa, donde esta vez sí había alguien.

Un señor con cara de pájaro listo, de kea —el papagayo cooperativo que habita en las montañas de Nueva Zelanda, ese que según los expertos resuelve puzles y problemas y es más inteligente que los delfines o los chimpancés— estaba sentado en una silla de enea, con un botijo a los pies y aferrado a una escopeta de caza, junto a la tapia donde en primavera debieron de brotar exultantes las azucenas que ahora languidecían víctimas de un sol justiciero.

—Francisco, ya están aquí los chicos... Él es mi marido —nos dijo Leonor.

Impávido, el señor con cara de pájaro listo levantó una mano a modo de saludo, como si fuera un jefe indio, y no dijo absolutamente nada.

—Viene de cazar —nos explicó la señora—, le gusta mucho sentarse aquí y pensar en sus cosas. En un rato junto a la tapia comienza a dar una sombra muy buena y estar aquí es una delicia.

El señor no hacía más que escrutarnos con una mirada tan intimidante como su escopeta de caza.

—Bien, pues ya pueden empezar a buscar —dijo Leonor, señalando con el dedo al terreno—. Nosotros nos quedamos aquí, mirando... No hay nada más relajante que ver cómo los demás trabajan...

El señor soltó una carcajada de malo de película de serie B que a mí me heló la sangre: su presencia convertía la parte trasera de la casa en un lugar de lo más siniestro. La zona, donde en otro tiempo posiblemente hubo un corral y un huertecillo, ahora era solo un terreno cubierto de tierra con una higuera en una esquina, una parra que trepaba por la tapia y las azucenas que crecían junto a ella.

—Pues con su permiso, voy a empezar justo por aquí... —dijo Hugo clavando la pala en la zona de las azucenas, muy próximo a donde se encontraba Francisco.

El duque manejaba la pala con mucha destreza, supuse que habría trabajado en jardines por placer y que habría enterrado a seres queridos con muchísimo dolor...

Yo en cambio no había cogido una pala en mi vida. Pero con todo, me puse con entusiasmo los guantes de jardinero que Hugo había traído para mí —él no los necesitaba, claro— y emprendí ilusionada mi tarea. Empuñé la pala, la clavé en la tierra que para mi asombro estaba blandita, y luego hice como había visto a los famosos y a los alcaldes plantar árboles en la televisión... Es decir, pisé la pala, hice fuerza con todo mi cuerpo, tuve cuidado de no saturar la pala de tierra y lo extraído lo dejé en un montoncito a mi lado. ¡Mi primera palada había resultado un éxito!

—No te hagas ilusiones, solo la primera capa es de tierra vegetal, lo que está debajo es arcilloso y está duro, muy duro —habló Leonor con cara de sádica.

Lo que no sabía la bruja de la señora era que Hugo y yo estábamos perfectamente coordinados. Yo cavaba y cuando empezaba a costar seguir dándole a la pala, venía el duque para rematar la faena que para algo era inmortal, profundizando hasta cinco o seis paladas.

Fuimos tan diligentes con nuestro trabajo que una hora después ya teníamos horadada toda la zona próxima a las azucenas... Pero ni rastro del elixir...

—¿Y no será más fácil que llaméis a vuestra abuela para que os concrete el sitio exacto donde guardó la cajita?

La vieja dijo «cajita» con cierta sorna, haciendo además el gesto de las comillas con los dedos.

—Ella está convencida de que está junto a las azucenas, pero a lo mejor es junto a la higuera —replicó Hugo observando la zona que estaba junto al árbol.

—Llama a tu abuela, igual se le ha refrescado la memoria —ironizó la señora al tiempo que cruzaba los brazos por debajo del pecho.

—No puedo llamar porque está sin cobertura en el barco...

—¡Ah! —exclamó Leonor alzando las cejas y llevándose un dedo a la sien—, o sea que todavía está para subirse a un barco...

—Pues sí, señora, sí —dije yo, apoyada con las dos manos en la pala con la que no me habría importado darle en toda la cabeza. Qué horror. El calor que ya arreciaba estaba sacando mis peores instintos...

—Entonces, si la abuela está para navegar —reflexionó mientras se daba golpecitos con el dedo índice en los labios—, ¿por qué no ha venido ella con vosotros a recuperar su cajita?

¡Cuánto daño hacían las reposiciones de *Se ha escrito un crimen*!

—Está para navegar, pero no para someterse a los rigores del sol manchego —contestó Hugo pacientemente.

—No, si tú has heredado su genética... —replicó la anciana arrugando su, ya de por sí, arrugadísima nariz.

—¿Cómo?

—Sois unos hermanos muy raros...

El marido de la señora echó un trago del botijo y volvió a reírse de esa forma tan diabólica.

—Sea más clara —solté, haciendo esfuerzos ímprobos para no cavar una fosa y empujar a la señora dentro.

—No hace falta más que miraros —respondió—. Él está hecho un primor —explicó señalando a Hugo—, ni suda ni se cansa, y tú, sin embargo, mírate: te sudan hasta las pestañas y ya no puedes ni levantar una hoja.

Recordé en ese instante las palabras que había dicho Hugo el día anterior, cuando empecé a poner objeciones a su plan: «La gente no se hace tantas preguntas. No pierdas tiempo con eso».

La gente que él conoce no hará tantas preguntas, pero en el mundo del que yo procedo, la gente no para de hacerse preguntas sobre los demás, se pregunta por qué compras cien gramos y no cuarto y mitad de pavo; se pregunta por qué hace tres años que no cambias de abrigo o se pregunta por qué te ha dado por apuntarte al gimnasio, a ti que jamás has pisado uno. Y cuantas menos cosas pasan en sus vidas, cuanto más se aburren, más preguntas tienen para ti, millones y millones de preguntas a cada cual más impertinente, suspicaz y malintencionada.

Como doña Leonor, a la que respondí:

—Ahora lo entiendo. Pues sí, yo he heredado la genética de mi abuela la de la cajita... —y dije «cajita» haciendo las comillas con los dedos—. Y mi hermano ha sacado la de mi abuelo: un rudo cosaco que masticaba cristales.

—Masticaba... ¿Murió?

—No. Solo ha perdido los dientes. Pero todavía sigue sacando el carácter en las discusiones de tráfico y en las reuniones de la comunidad de vecinos.

—Pero los cosacos son rubios y vosotros sois...

Entonces, algo se quebró dentro de mí. Puede ser que fuera por culpa del cansancio y del calor, pero los diques de contención de la educación, el respeto y las buenas maneras se abrieron y no me quedó otra opción que levantar mi pala y gritar:

—¡Señora, como no se calle de una maldita vez, voy a estamparle la pala en toda la cresta!

Hugo acudió a mi lado e intentó arrebatarme la pala...

—Eva, por favor...

—¡Ni por favor ni gaitas! —repliqué zafándome de él.

El marido volvió a reírse de esa forma tan tétrica...

—¡Y usted —dije apuntándole con la pala—, como siga riéndose le voy a meter la escopetita por el orto!

Hugo volvió a cogerme por la cintura.

Entre las azucenas olvidado

—¡Eva! ¡Tranquila!
—No estoy tranquila. Estos señores me están poniendo muy nerviosa...
—Es el calor... —se excusó Hugo—. Les ruego que nos disculpen...
—Yo no pido disculpas. ¡Que se disculpen ellos!

El matrimonio nos miraba impertérrito, como si fuéramos actores de un espectáculo teatral que sucedía a miles de kilómetros de su casa.

Finalmente, la señora habló:

—O sea, que el carácter del abuelo cosaco lo has sacado tú y el chico es tan melifluo como la abuela de la cajita —concluyó haciendo otra vez el gestito de las comillas con los dedos.

La sangre me hervía. De nuevo agité la pala sobre mi cabeza y grité:

—¡Cierre el pico, señora, que no respondo!
—Sosiega, hija, que voy a traeros unos vasitos de agua...

No solo nos trajo agua, luego nos invitó a migas y a la hora de comer nos puso su mejor mantel: moje, chuletas de cordero con miel y natillas pestiñadas.

Después de la pitanza, volvimos al tajo pero los propietarios ahora tenían otra actitud, nos animaban, nos jaleaban, nos mojaban con una manguera, nos traían agua, incluso nos pusieron Kiss FM.

La verdad es que dudo que sin su apoyo hubiésemos podido seguir cavando, pero ninguno de los dos bajamos la guardia.

Así, durante un instante en que los ancianos nos dejaron solos, a eso de las cinco de la tarde, Hugo me susurró:

—No me fío de ellos. Es obvio que nos cuidan porque quieren nuestro botín. Y ahora escucha, se me ha ocurrido algo por si damos con el recipiente. Lo que haremos será dejar una marca... Toma, aquí tienes un pañuelo de papel...

Hugo sacó un clínex del bolsillo de su pantalón, me lo dio y luego siguió:

—Dejas la marca y ya de madrugada, cuando duerman, nos levantaremos, cogeremos el recipiente y saldremos por piernas.

—¿Cómo vamos a hacer para pasar la noche aquí?

—Diremos que estamos cansados. Son estrategas pero también hospitalarios. Aunque hayan viajado mucho, son manchegos, lo llevan en el ADN.

—Pero solo pasaremos la noche si encontramos el elixir...

—No lo dudes. Estoy loco por pasar la noche contigo... a solas.

Me alegró saber que no era la única que estaba deseando volver a sentir sus labios en los míos y su piel en mi piel.

—El que encuentre el elixir dirá: «tenemos que llamar a la tía Mercedes».

—¡Ya estás con los nombres! —protesté.

—Mercedes, como el coche. Es fácil de recordar. Venga, que ya vienen... La tía Mercedes, recuerda...

No tuve que recordar nada porque no me topé con nada. Pero Hugo sí. A eso de las siete de la tarde soltó lo de la tía Mercedes... A mí me dio un vuelco el corazón, las piernas empezaron a flojearme y la boca se me secó de golpe.

—¿Qué te pasa, niña, que ha sido mencionar a tu tía y se te ha demudado el semblante?

Entre las azucenas olvidado

Y por supuesto, la anciana que no perdía ripio se percató de que algo pasaba...

—Es que... hace mucho que no la llamamos y me siento mal por ello.

—¿De quién es hermana? ¿De tu padre o de tu madre? ¿Qué edad tiene? ¿Dónde vive? ¿Se jubiló?

Ya anochecía y todavía seguíamos respondiendo a preguntas sobre la tía Mercedes que solo concluyeron cuando Hugo dio por finalizada las labores de excavación:

—Es una pena. Pero la cajita de la abuela aquí no está —anunció fingiendo decepción.

—Mira que yo lo siento... —dijo Leonor cariacontecida.

Cuando acabamos de cubrir todos los agujeros, y eso que reconozco que Hugo se encargó de la mayor parte del trabajo tanto de excavación como de relleno, caí fulminada al suelo y no solo porque formara parte de un plan, sino porque estaba para que me recogieran con una cucharita.

—¡No puedo más! —exclamé.

—¡Niña! Levanta que te vas a poner perdida —me regañó Leonor.

—Me da lo mismo. No creo que haya mañana.

—Venga —dijo la anciana tirando de mi mano—. Ahora mismo te vas a la cama...

—Solo será un ratito —repliqué.

—Haz caso a la señora —habló Hugo.

—Pero es que no quiero abusar más de la confianza de estos señores...

—No digas sandeces, te duchas y a la cama ya mismo —ordenó la señora.

Obedecí. Luego, Leonor se empeñó en llevarme la cena a la cama: gazpacho, una tortilla francesa y una pera.

Antes de darme las buenas noches y llevarse la bandeja, me advirtió muy seria:

—Nada de carreras nocturnas de los hermanitos por los pasillos.

La tía se las sabía todas, pero yo mantuve el tipo.

—Estoy yo para carreras...

—Eso espero. Me enfadaría mucho si escuchara pasitos y risitas en mitad de la noche —dijo taladrándome con la mirada, supongo que en un vano intento de amedrentarme.

—Descuide...

En cuanto se marchó, cogí el móvil, comprobé para mi alegría que había cobertura y escribí un mensaje a Hugo:

Estoy ya sola. Mi habitación huele a naftalina. Las paredes están repletas de fotos de niños antiguos y feos que me miran con recelo. Enfrente tengo un armario donde caben siete muertos. He abierto la ventana y oigo cantar a una chicharra una melodía funesta. Todo es lúgubre, menos mis ganas de estar contigo. Me muero por verte. Ven.

A lo que Hugo respondió:

Ni de coña. Seguro que tenemos cámaras puestas en las habitaciones. Por cierto, mi habitación no es mucho mejor. Tengo enfrente el retrato de una adusta señora con bigote que murió en la cama en la que ahora descanso, según me ha contado nuestra amiga Leonor. Y aquí huele a ella, a la muerta. *Todos los días perfuman la habitación con la colonia de Álvarez Gómez que usaba esta señora. Soy un intruso. Tengo la sensación de que en cualquier momento se me va a aparecer el fantasma de esta dama bigotuda y me va a sacar a patadas de aquí. Tiene pinta de tener mucho carácter. Y por supuesto que yo también me muero de ganas de estar contigo. Ya no queda nada. Quedamos a las cuatro de la mañana en la parte trasera. Será algo muy rápido. Excavar un poco y salir pitando. Te echo mucho de menos. Me he vuelto loco de deseo cuando te he visto con la pala en ristre hecha una furia. Tengo unas ganas de pillarte por banda...*

Yo también tenía ganas. Y muchas...
¿Y si quedamos en el baño que hay justo a la entrada de mi habitación?
Mi móvil volvió a pitar. Respuesta de Hugo:
Recuerda que somos los hermanos Villena...
Le contesté:
Qué bien lo hemos hecho. Se han tragado completamente que somos hermanos. Tienes razón. Mejor no correr riesgos. Mañana nos vemos...

A las cuatro menos diez, sonó la alarma de mi móvil. Estaba profundamente dormida y soñando que Hugo y yo caminábamos al atardecer por un desierto interminable de arena rosada. No era una pesadilla. Caminábamos y no sentía fatiga, ni calor, ni sed, al revés, todo era muy agradable, muy dulce y muy real. Estaba tan a gusto que me costó un par de minutos salir de ahí. Pero al final, lo logré.

Me vestí a toda prisa y a las cuatro estaba en la parte trasera de la casa.

Cuando llegué, Hugo ya estaba allí. Había encontrado el trocito de clínex al momento y llevaba dadas unas cuantas paladas justo frente a las azucenas marchitas.

Olía a tierra. El cielo estaba cubierto de estrellas que refulgían rabiosas, como si supieran lo que estábamos haciendo y estuvieran ansiosas por delatarnos. Pero no dijeron nada, el silencio solo lo rompía el sonido de la pala al desgarrar el suelo una y otra vez, hasta que Huyo susurró emocionado:

—Lo tengo...

Iluminé la zona con mi móvil y observé que una pequeña parte de un objeto de barro asomaba entre la tierra. Yo apenas podía respirar, cogí a Hugo de la mano y la estreché con fuerza. Aunque no compartiera sus planes porque para mí él solo podía ser pura vida, me alegraba de que ahora pudiera tener más cerca su sueño de volver a sentir la imprevisibilidad y la finitud.

Luego, desenterró con mucho cuidado el objeto que resultó ser...

—¡Mi cenicero! —dijo Leonor enchufándonos con una potente linterna.

—¿Usted nunca descansa? —repliqué.

—No, si tengo desconocidos en casa.

—Tenga...

Hugo le entregó a la anciana el cenicero de arcilla, redondo y con un reborde pequeño, con un *Felicidades abuelo* inscrito con el centro.

—Es suyo.

Entre las azucenas olvidado

—Muchas gracias, joven. —Leonor miraba el objeto fascinada—. Fue un regalo de mi nieto a su abuelo hace unos años. Un verano jugando a los piratas mi nieto lo enterró en el jardín sin tomar la precaución de marcar el sitio. Y encima Carlitos, que siempre ha sido un exagerado para todo, lo escondió en lo más profundo. ¡Qué contento se va a poner cuando se entere de que lo hemos recuperado! —musitó estrechando el objeto fuertemente contra su regazo.

—Me alegro mucho, señora, nosotros nos vamos —dijo Hugo abatido.

—¿Adónde vais ir a ahora? Salid ya por la mañana. Sois unos mentirosos, pero sois buenos chicos.

—Lo somos, sí. Por eso, le agradecemos enormemente su hospitalidad.

—Nosotros nos lo hemos pasado bomba —replicó dándole a Hugo unos golpecitos en el hombro—. ¡Además, habéis rescatado el cenicero de Carlitos! Los agradecidos somos nosotros. Y no os agobiéis con eso que buscáis, sea lo que sea, no lo necesitáis: lo más importante ya lo tenéis.

—¿Y qué es? —pregunté con el ceño fruncido. Era el colmo que encima reconociera que se lo había pasado bomba desquiciándome.

—El amor. Se os ve muy enamorados, solo por amor se hacen estas tonterías...

Ensaladilla africana

CAPÍTULO 9

Después de la decepción del cenicero, nos volvimos a Madrid. Hugo me dejó en casa a las siete de la mañana y de allí partió para el aeropuerto, pues tenía que atender en París unos asuntos urgentes relacionados con su galería de arte.

Yo como hasta las ocho y media no tenía que salir de casa para irme a trabajar, aproveché y dormí esa horita...

Despertarme de ese sueño breve me sentó fatal. Estaba de muy mal humor, pasada de vueltas, tenía agujetas hasta en el pelo y ¡me dolía todo!

Arrastrándome, llegué a mi puesto de trabajo donde me esperaban Lily y Estrella para mofarse de mí.

—¡No me lo puedo creer! ¡Otro día que se te escapa vivo! —exclamó Estrella dándose golpes con la palma de la mano en la frente, después de que les contara mi escapada manchega, la versión censurada por supuesto.

—Estuvimos recorriéndonos pueblecitos...

—¿Hasta las cuatro de la mañana? —preguntó Estrella frunciendo el ceño.

Entre las azucenas olvidado

¿No se podía ir de una vez a su bar y dejarme tranquila?

—¿Qué tal vas de tus mareos? —cambié de tercio para que se olvidara de mí.

—¿No me ves? Aquí me tienes agarrada al mostrador. Ya se me pasará. Entonces, sigue contando...

Estuve a punto de ir a por unos ansiolíticos, pero decidí respirar hondo.

—No hay nada más que contar. Le mola La Mancha y estuvimos disfrutándola al máximo.

—¡Hasta las cuatro de la mañana! ¿Pero qué estuvisteis haciendo? ¿Visitando molinos? Es que no entiendo por qué no te lo llevaste a una era y le diste su merecido, la verdad —dijo Estrella, tocándose el pelo con ambas manos. ¿Tendría la suerte de que perdiera el equilibrio y se la llevaran los servicios de urgencias?

—Quiere ir despacio —intervino Lily quien, cuando yo ya creía que había encontrado una aliada en ella, añadió—: aunque no sé para qué.

—Eso mismo digo yo —soltó Estrella—. La lentitud está sobrevalorada en las relaciones sentimentales, cuando antes te lo folles, mejor. Que lo hace bien, esa alegría que te llevas; que es un manta, suerte que tienes de descubrirlo cuanto antes y huir.

—Y así con todo —continuó Lily mientras consultaba algo en un catálogo—. Lo ideal es plantarse lo antes posible en su casa y pasar con él un fin de semana. En dos días te da perfectamente tiempo a hacerte una composición de lugar.

—Es que se ve todo —dijo Estrella—. Si es limpio, si es trabajador, si es pelma, si es cariñoso, si es aburrido... Tía

—se dirigió a mí—, déjate de excursiones y dile que te lleve a su casa a pasar el fin de semana. Que a ver si te está dando tantas largas al asunto porque es impotente... Los mingas frías hacen eso, se pasan el día dándote al palique para que te olvides del tema. ¡Ojo! —exclamó levantando su dedo índice —. Que no te la den con queso.

—No ha pasado nada porque estábamos agotados de tanto caminar...

—Es que te lo juro que no conozco a nadie que elija La Mancha para caminar en pleno mes de agosto. Es que ni los japoneses lo hacen... —repuso Estrella.

—Pues el jueves nos vamos a África si no me necesitas, Lily.

—Oh, no. Vete, no hay problema.

—¡La que estás liando para echar un polvo! —añadió Estrella dándose una palmada en el muslo.

—Voy a acompañarle a llevar material para una escuela —anuncié muy seria. La otra parte de la misión, lo de parar una guerra, preferí omitirlo.

—Entonces, te vuelves canina otra vez —vaticinó Estrella—. Entre que te enseña el sitio, llegáis a la escuela que estará perdida en lo más remoto, los maestros dando el coñazo, los niños incordiando con que si te bailo, que si te canto, que si mira, mira mi dibujito... Te vuelves sin catarlo otra vez.

—Lo importante es estar a su lado, cómo y haciendo qué, la verdad es que me da lo mismo.

—Claro que sí —replicó Lily con ironía, sin dejar de pasar hojas del catálogo—. ¿Te suena si en este catálogo está la férula correctora de dedos martillo?

Entre las azucenas olvidado

—Sí, déjame que te lo busque...

—Yo me voy, chicas —dijo Estrella—. Y a ti, Eva, qué te voy a decir: que a ver si en África hay más suerte...

Yo no las tenía todas conmigo, si bien respondí:

—Seguro que sí.

De momento, me tocó esperar muchísimo, todavía recuerdo lo largo que se me hizo hasta que llegó el jueves, y eso que Hugo y yo hablamos mucho por teléfono, pero me faltaban el resto de los sentidos. Necesitaba mirarle, tocarle, olerle, saborearle... volver a tenerle entero.

No obstante, el jueves llegó, y Hugo vino a buscarme con un traje gris marengo, una corbata verde botella y unos zapatos de ante. Cómo volví a lamentar que mi madre siguiera en Benidorm y se perdiera semejante espectáculo.

—¡Estás elegantísimo! —exclamé después de darnos un beso de escándalo en el coche.

—Voy disfrazado de hombre importante.

Yo iba de lo más sencilla con un minivestido de tirantes verdes y unas cuñas de esparto.

—Habérmelo dicho y me habría vestido más acorde con tu importancia.

—Vas estupenda.

—¿Y en calidad de qué voy a esta misión?

—Eres parte del equipo de los buenos.

—Solo espero que no volvamos a tener otro lío como el manchego.

—Esto es mucho más sencillo. Ya te pongo al día en el avión...

Hugo condujo hasta el aeropuerto de Torrejón de Ardoz, donde dejó el coche aparcado y donde nos esperaba su avión privado...

Una azafata llamada Vanessa nos dio la bienvenida al fascinante mundo del Gulfstream: cómodos asientos de cuero, mesas de nogal, sala de reuniones, pantallas electrónicas, conexión a Internet, teléfono vía satélite, cocina, baño enorme...

Despegamos y fui feliz. Me encanta la sensación de despegarme del suelo, de estar en el aire, de flotar. Cuando el suelo desaparece, cuando te despegas de él, ya no hay vértigo. Entonces, es cuando te sientes libre.

Es como el amor. Solo cuando pierdes de vista el suelo, que son los temores y las desconfianzas, es cuando puedes elevarte y trascender, amar de verdad, sin medida, sin límites. Y ser uno siendo dos.

Yo estaba empezando a elevarme con Hugo, cada vez más, cada día un poco más, y no, no tenía vértigo.

—¿Estás bien? —me preguntó Hugo.

—¡De maravilla! —dije repantigándome en mi asiento. Ya sé que no era correcto, pero es que estaba en la gloria—. Me siento como una estrella del pop-rock, como una actriz... ¡Cómo mola esto! ¡Muchas gracias por traerme!

Hugo se encogió de hombros.

—Es un avión —replicó sin darle importancia.

—¡Es un pedazo de avión solo para ti!

—Menudo aburrimiento, yo prefiero el avión de pasajeros. La intriga de quién será tu compañero de asiento...

—El descubrimiento de que es un niño gritón que ni te deja dormir ni te deja leer —contraataqué.

Entre las azucenas olvidado

—Las largas y reveladoras conversaciones con un desconocido...

—El tío *chapas* que se te sienta al lado y que no hay forma de que calle.

—Y el precio...

—Eso sí que no te lo voy a rebatir.

Hugo me sonrió y mi corazón se hizo gaseoso, burbujeante, por mis venas corría el champán...

—He seguido investigando por mi cuenta sobre fray Benito —dijo Hugo.

—¿Y? —suspiré.

—¿Por qué suspiras? ¿Te aburre que hable del tema?

—Suspiro por ti. Mira... —Y volví a suspirar.

—¿Yo te lo provoco? ¿O el avión?

Enarqué una ceja.

—¿Lo dudas? Tu sola presencia —susurré risueña.

—Tiene mérito después de comprobar cómo mi supuesto don de gentes es un auténtico fiasco. Pero ahora viene lo mejor: he vuelto a pifiarla por pasarme de listo. Una vez más. Verás, esto que te voy a contar te va a cortar los suspiros para siempre. Estuve dándole muchas vueltas al poema de San Juan de la Cruz...

—No creo que más que yo.

—Por eso, la vanidad me pierde, pensaba que con mi cerebro centenario podría llegar más lejos que el tuyo.

—Podría ser...

—Soy un necio, Eva.

Hugo me dio la mano, me miró y me dio igual todo. Si era un necio, bienvenido fuera. Mientras me siguiera mirando de esa forma intensa y apasionada, mientras siguiera sintiendo la fuerza y la calidez de su mano, mientras siguiéramos juntos haciendo el canelo por esos mundos de Dios, lo demás no me importaba.

—Después de dejarte, en el avión de regreso a París, cuando estaba en pleno duermevela, una idea me asaltó: ¿Y si la respuesta estuviera en la estructura formal del poema?

—O sea, que en vez de estar pensando en mí, te pusiste a pensar en fray Benito...

—Pensé en ti todo el tiempo que estuve consciente. Pero cuando caí en los brazos de una dulce duermevela, fue cuando el fray Benito de las narices asaltó mi mente para decirme: ¿Y si la respuesta está en la lira?

—¿La lira? —repliqué perpleja—. ¿En qué se concreta esto? El poema está formado por ocho liras. ¿Y?

—La lira se compone de dos endecasílabos y tres heptasílabos, la rima es consonante y tiene el esquema 7a 11B 7a 7b 11B.

—Sí. Eso es una lira. ¿Y qué hacemos con eso?

—Un dibujo.

Hugo sacó un folio y un bolígrafo de su maletín y se puso a dibujar encima de la mesa.

—Se me ocurrió que si hacíamos un cuadro de doble entrada, en el que las filas fueran los números de las sílabas del 1 al 11 —dijo escribiendo los números con un trazo ágil— y las columnas las letras de las rimas: a B b, y marcásemos la secuencia del esquema de la lira: 7a 11B 7a 7b 11B y uniésemos los puntos de las marcas obtenidas —y unió las marcas—, lo que obtendríamos sería un triángulo.

Entre las azucenas olvidado

«Qué duermevelas más malos tenía este hombre» fue lo que pensé.

—¿Y dónde podía estar ese triángulo? —me preguntó.

Me encogí de hombros.

—Fray Benito vivía consagrado a su trabajo, así que si en algún sitio podía estar ese triángulo era en su laboratorio. Me hice con los planos de El Escorial y dividí la estancia donde trabajaba, que curiosamente tiene forma rectangular como la tabla de doble entrada que acabo de dibujarte, en cuadrículas 1a, 1B, 1b... y así hasta el 11. Y tracé el triángulo.

Sacó el plano con la división trazada de su maletín y lo colocó sobre la mesa:

—Aquí lo tienes. Bien, pues con este plano he acudido de madrugada a El Escorial.

Me quedé boquiabierta y con los ojos como platos.

—Tengo un contacto en El Escorial y me ha facilitado el acceso.

—¿Pero...?

—La entrada es lo de menos. Lo importante ahora es que he ido exactamente al punto correspondiente al triángulo y no he encontrado absolutamente nada. Ninguna de las losetas puede levantarse, no hay ningún dibujo o marca en ellas, ni entra el sol de determinada forma creando algún tipo de sombra que pudiera ser una pista.

—Lo veo todo muy enrevesado para un alma práctica como la de fray Benito.

—Tienes razón. Pero me creo más listo que nadie. Qué le vamos a hacer.

—A mí me gustas tal y como eres...

—De idiota.

—Como eres. Sin adjetivos.

—Tú, sin embargo, tienes todos los adjetivos. Todos los adjetivos bonitos que existan te definen.

—¿Después de verme amenazar con una pala a dos ancianos sigues pensando eso de mí?

—Con más motivo...

—¿Hay posibilidades de que hoy tengamos que montar un número similar?

—Espero que no. Hay unos cuantos Bisontes que se dedican a la industria y tráfico de armas, necesitan dar salida a sus juguetes y cuando no hay demanda, la crean. Llevan unos meses en Norkaba metiendo bochinche para lograr que las dos tribus principales entren en guerra, colocar los juguetes y luego sacar tajada también de la reconstrucción. Nosotros para contrarrestarlo hemos propuesto a la presidenta, una mujer joven que apenas lleva dos años en el cargo, inversiones muy fuertes en el país para promover y dinamizar el sector agrario, para implantar hidroeléctricas que aprovechen los rápidos y las caídas de agua de los ríos y para desarrollar y promocionar el turismo. La tenemos ya a punto de caramelo, pero aún le queda un empujoncito: el que nosotros le vamos a dar.

—¿Qué clase de empujoncito?

—Un empujoncito en forma de zapato.

Me asusté. Lo reconozco. Una cosa era enfrentarse a ancianos nonagenarios y otra meterse en problemas con presidentas de gobierno africanas.

—Conmigo no cuentes.

—Pero si la misión no puede resultar más sencilla. El

camión dejará los *louboutines* en la puerta de la casa presidencial, a la presidenta se le pondrá una gran sonrisa en el rostro, nos dará las gracias y nos marcharemos de allí con la sensación del deber cumplido.

¿Por qué Hugo urdía siempre unos planes tan extraños?

—¿De qué camión hablas? ¿De qué *louboutines*? ¡No entiendo nada! Y mejor no me cuentes. Suena todo a líos y problemas.

—La presidenta es una mujer a la que le chiflan los *louboutines*, he traído un cargamento de casi doscientos pares para que acabe de decidirse a mediar entre las tribus con el fin de que no vayan a la guerra y en su lugar acepten nuestro plan de desarrollo que beneficia a ambas partes.

—O sea, un soborno.

—Un incentivo. Una zanahoria. Se la damos y luego nos vamos a la escuela a llevar el material. Nos lo vamos a pasar bien. Confía en mí.

En él confiaba, pero en sus planes no. Eso sí: el pasarlo bien a su lado estaba más que garantizado...

Y con esa certeza y una sonrisilla feliz en los labios, me quedé dormida hasta que Hugo me despertó.

Cuando estaba a punto de echarle la bronca por hacerlo, me dijo:

—Mira esto...

Sobrevolábamos ya Norkaba. Una sucesión de manchas componían un bello cuadro abstracto a base de terracotas, maderas, telas y bronces.

La luz africana podía tocarse como el velo sutil de una novia sencilla...

—No podía permitir que te lo perdieras.

A nuestros pies rugía la vida con fuerza, con ganas, con ilusión y con esperanza. Y en nuestros corazones pasaba exactamente lo mismo...

—No te lo habría perdonado jamás —repliqué sin ningún convencimiento.

—Ya habría hecho algo para que me perdonaras.

—¿Algo como qué?

—Algo como esto. Un beso africano...

Hugo me besó. Me dio el primer beso africano de mi vida, esmeralda y salvaje, de tierras altas y lagos profundos, un beso de sabanas y valles fértiles.

Imborrable. Nos dirigíamos ya en coche a la casa presidencial y todavía seguía con el beso en los labios, mientras nos adentrábamos por el centro de la ciudad y se sucedían los decadentes edificios de arquitectura colonial y los ultramodernos mazacotes de acero y vidrio.

La vida explotaba en cada esquina. Había color, alegría, belleza, peligro y verdad adondequiera que miraras. Incluido a Hugo que no era África, pero destilaba sus esencias.

Fuera hacía calor, una humedad intensa que hacía que la respiración fuera fatigosa. Yo solo me había expuesto un par de minutos al sol africano, desde que había descendido del avión hasta que me había subido al coche que nos llevaba a nuestro destino presidencial, y ya estaba hecha un poema con el pelo aplastado, el vestido pegado al cuerpo y la piel pringosa. Hugo en cambio seguía hecho un pincel... y yo no era la única que lo pensaba.

La señora presidenta en cuanto vio a Hugo aparecer en

su despacho decorado a lo abogada de Manhattan, en plan funcional, moderno y minimalista, se puso al borde del orgasmo:

—Hugo! *Quelle joie de te revoir! Tu es superbe!*

Yo solo había estudiado un año de francés en el colegio en el que aprendí poco más que a cantar la canción *Chevaliers de la table ronde, Goûtons voir si le vin est bon*, pero lo había entendido perfectamente. Hay lenguajes que son universales.

La señora presidenta estrechó la mano de Hugo y luego le dio dos besos en las mejillas cogiéndole, pero bien cogido, por los hombros.

—Me alegro mucho de volver a verte yo también. Mira, te presento a Eva Villena...

La señora presidenta me miró con desdén para dejarme clarísimo que yo allí no pintaba absolutamente nada. Sabía marcar el territorio. Enérgica, carismática y poderosa: era una mujer impresionante, de cuarenta años, con un moño alto, ojos de tigresa, pómulos de gacela, boca de fuego y dinamita en las caderas. Vestía también a lo abogada de Manhattan, con unos pantalones vaqueros que tenían pinta de valer un pastón, camiseta de marca con un escote que dejaba al descubierto alguno de sus atractivos africanos y unos taconazos sobre los que dirigía su país con mano firme.

—*Enchantée, madame. De quelle compagnie êtes-vous?*

Era muy lista. Solo había necesitado dos segundos para dejarme fuera de juego. Hugo, ajeno a todo o haciendo como si no pasara nada, me tradujo lo que acababa de decir y luego se dirigió a la señora presidenta:

—*Pardon, Thérèse, mais elle ne parle pas français.*

Yo no hablaba francés y era más que obvio que la señora presidenta iba a negarse a hablar en español mientras yo estuviera presente.

Con todo, Hugo siguió insistiendo...

—Eva forma parte importante de nuestro proyecto, es una de nuestras asesoras en materia de desarrollo, tiene muchas ideas y es una gran profesional.

La señora ministra me miró retándome, alzó una ceja y finalmente puso una cara de incredulidad, al mejor estilo: esta-moto-no-la-compro.

Después, nos invitó a sentarnos en un rincón de su despacho, en unos sofás de color marfil custodiados por lámparas con cuernos de antílope, junto a unos grandes ventanales con vistas a un bonito jardín.

Una vez acomodados en nuestros asientos, cubiertos por cojines de tela africana antiquísima, la señora presidenta se arrancó con un monólogo en francés en el que puso toda la carne en el asador: voz aterciopelada y sensual, caídas de ojos, labios que se humedecen con sexys toquecitos de lengua, manos que vuelan elegantes, movimientos ondulantes de hombros, sonrisas seductoras...

Yo no entendía ni papa de lo que estaba diciendo, porque hablaba a toda velocidad posiblemente para que yo no pillara nada, pero lo esencial lo capté al vuelo: el que tenía a punto de caramelo a la señora presidenta era Hugo y el último empujón que la honorable dama estaba pidiendo a gritos no tenía precisamente forma de zapato.

¿Se estaba Hugo percatando de que la tigresa le había puesto en su punto de mira? Si era así, lo disimulaba bien,

Entre las azucenas olvidado

pues seguía completamente centrado en su papel de mediador internacional, sin dejar de asentir durante la larguísima disertación de la mandataria, que apenas interrumpió un par de veces. Solo cuando la señora presidenta dio por finalizada su cháchara, él se lanzó a soltar otra perorata de la que solo logré entender una palabra: «louboutines».

La charleta de Hugo hizo estragos. Thérèse se rio echando la cabeza hacia atrás unas cuantas veces, tocó a Hugo en la pierna y en los brazos en otras tantas ocasiones, suspiró, miró con intención, se acarició con descaro la clavícula y los lóbulos de las orejas... Vamos, que si no se folló a Hugo allí mismo y delante de mis narices fue porque un secretario nos anunció que el embajador alemán estaba esperando ya a la señora presidenta para una importante reunión.

De nuevo en el coche, y de camino a la escuela a la que Hugo iba a donar el material escolar, el duque se mostró muy contento con el resultado del encuentro:

—Thérèse me ha asegurado que no va a haber guerra.

—¿Para qué va a ir a la guerra si tiene doscientos pares de zapatos por estrenar? —dije perdiendo la mirada en las calles anchas y reticulares que salían a nuestro paso.

—¡Nuestra misión ha sido un éxito!

Hugo me cogió de la mano y yo seguí con la mirada fija en las calles africanas que hervían de pura vida. No quería que notara que una punzada de celos me estaba atravesando el pecho, pero no puede evitar decir:

—Tú eres el que has tenido éxito con la señora presidenta.

—A veces mi *charme* funciona, *chérie* —replicó irónico. Y luego añadió poniendo cara de no haber roto un plato—: Me ha invitado a cenar.

—Que os cunda...

Hugo tomó mi rostro con su mano, me miró muy serio y dijo:

—No me interesa Thérèse como mujer. La única a la que quiero conocer, con la que quiero estar y con la que me muero de ganas de hacer el amor es contigo.

—Esa mujer ha estado a punto de devorarte.

—Yo solo sé que estaba loco por salir de ahí para volverte a besar.

Y me besó. De verdad. Con sentimiento, con pasión, haciéndome tocar el cielo. Arrancándome esa maldita punzada de celos y mandándola bien lejos. Recordándome que estábamos en África y que la fuerza y el poderío de la naturaleza se imponía siempre.

—Quiero arrancarte el vestido, pero nos quedan tres minutos para llegar al colegio.

—Puedo decir que me ha atacado un león hambriento...

—El león hambriento no te dejaría salir viva.

Hugo se abalanzó sobre mí y sentí su erección exigente y voraz.

—Quiero llenarme de ti, de tu piel y de tu olor...

—Hugo...

Me dio igual que estuviéramos en un coche, que el chófer nos estuviera viendo por el retrovisor y que estuviéramos a la vista de toda Norkaba. Necesitaba que estuviera dentro de mí y lo necesitaba en ese justo momento.

Entre las azucenas olvidado

—*Mon chou...* —susurró Hugo mientras le despojaba de la chaqueta.
—*Oui...*
—El coche se ha parado, desde aquí veo al director, las profesoras y unos cien niños con pancartas.

Nos guardamos nuestro deseo salvaje y africano en el bolsillo y nos concentramos en nuestra misión. El director, las profesoras y los cien niños con pancartas nos acompañaron a recibir al camión que contenía el material escolar, los libros y los ordenadores que traíamos desde Madrid.

Después, los niños nos cantaron y nos bailaron unas canciones muy divertidas y nos colmaron de pulseras, collares, cariños y besos. Nos los habríamos llevados a todos de vuelta, pero prometimos que regresaríamos.

Luego, el director que llevaba las gafas de Harry Potter y un chándal pirata de la selección española de fútbol nos invitó a Hugo y a mí comer a su casa en un poblado a las afueras de la ciudad. Fuimos incapaces de declinar la invitación: dudo mucho que exista en ningún rincón del planeta un director de colegio más bueno, más amable y más generoso.

Nada más llegar a nuestro destino, el director nos presentó a todos cuantos salieron a nuestro paso en el poblado formado por casas bajas de adobe, adosadas unas a otras: abuelos que estaban sentados en hamacas de camping a las puertas de las casas, niños que correteaban descalzos y descamisados emulando a Messi, y hombres y mujeres que regresaban en tartanas de sus trabajos en la ciudad arrastrando —con una sonrisa— los pies y la vida.

Todos hablaban francés, yo no entendía nada, pero me tenían cautivados con su hospitalidad y su alegría.

En cuanto entramos en la casa de Norbert, Marion, su hija adolescente con aspecto de rapera, limpió con una fregona el suelo que habíamos dejado manchado de polvo al entrar, mientras canturreaba el *Price Tag* de Jessie J. Entretanto, Pauline, una bella flor espigada y la esposa de Norbert, me ofreció una botella de litro y medio de agua. Se lo agradecí con mi mejor sonrisa porque entre el calor que hacía y lo que me habían hecho bailar los niños, lo había sudado todo.

A continuación, nos presentaron al resto de la familia, al abuelo Thomas que tenía dos dientes, al niño Samuel de doce años y que tenía una cara de listo que no podía con ella y al pequeño Daniel, un bebé monísimo de apenas un año.

Tras un pequeño debate, la familia decidió que lo mejor era que comiéramos fuera, bajo sombrillas playeras, junto a la puerta de la casa, en dos mesas de plástico de Coca-Cola.

Al momento, las mesas se llenaron de platos y fuentes con comida típica del lugar... y con ello comenzaron mis aprensiones. Los anfitriones eran gente estupenda, pero yo tenía un delicado estómago occidental.

Me serví lo primero que reconocí: arroz cocido y condimentado, sin pensar demasiado en el asunto de la cocción del agua. Después, seguí con unos muslos de pollo; aunque no tuviera muy clara la procedencia del aceite con el que lo habrían frito, me convencí de que lo principal era que las bacterias habrían corrido igual suerte que los mus-

Entre las azucenas olvidado

los y que a esas alturas estarían refritas. Continué mi experiencia gastronómica con algo que parecían croquetas, pero que resultaron ser algo durísimo, masa frita, como buñuelos compactados y fritos. Muy fritos. Respiré aliviada. No había peligro.

Como ya le había cogido gusto al gatillo, me fijé en una fuente que estaba en el extremo de la mesa, cubierta por papel de aluminio. Metí la cuchara para servirme y se quedó pegada. Hice un poco de fuerza, por fin logré sacarla y al ponerla en el plato descubrí lo que era: ensaladilla rusa.

Unos goterones de sudor frío surcaron mi cogote ya que si me había puesto el veneno en el plato, por educación tenía que comérmelo, aunque me produjera una salmonelosis de campeonato.

Cuando estaba a punto de inmolarme, me percaté de que Hugo se acababa de servir cinco cucharones de ensaladilla...

—No lo hagas —dije entre dientes y sin que hiciera falta porque nuestros anfitriones no hablaban español.

—¿Qué pasa?

—La ensaladilla lleva muchas horas sin refrigerar y aquí hace más de treinta grados.

—No me importa morir —repuso relamiéndose del gusto tras probar el veneno.

—Hugo, por favor —susurré horrorizada.

—Quién sabe, a lo mejor la ensaladilla rusa africana es el antídoto para mis males —replicó comiendo ya a dos carrillos.

—No digas bobadas. Y para de una vez de comer.

—A veces surgen los atajos donde menos te lo esperas. Me pienso comer la fuente entera.

—Antes de eso, cómete la mía, por favor. Con discreción. No quiero que esta familia se moleste.

Entonces sucedió que cuando, disimuladamente, el duque suicida estaba cogiendo un buen cucharón de ensaladilla de mi plato, el abuelo Thomas se dirigió a mí y aquel me tradujo con la boca llena:

—Dice que no hay nada peor en la vida que quedarse sentado en la silla mientras los demás bailan. Que hay que mojarse, probar, oler, tocar aunque eso implique correr algún riesgo. Vamos, que te comas la ensaladilla…

París y los besos

CAPÍTULO 10

Me comí la ensaladilla, merendé, cené y nos dieron las tantas de la mañana en la playa, cantando y bailando con Norbert, su familia y sus amigos, canciones poperas al son de tambores, flautas, cuernos y maracas.

De la playa nos fuimos al avión y, ya en Madrid, acudí directamente al trabajo de empalmada, donde me esperaban mis amigas ávidas de noticias.

—Uy, uy, uy, qué carita que nos traes. Esto que veo ya me va gustando más —dijo Estrella frotándose las manos.

—No sé qué ves —repliqué sin quitarme las gafas de sol.

—Veo a una mujer despeluchada, que va vestida con la ropa del día anterior, que no ha dormido, a la que se la ve agotada, tal vez saciada...

Yo veía a una mujer con vestido azul turquesa largo hasta los pies con uñas, sombras y pendientes a juego, que parecía recién escapada de una coral y que no paraba de tocarme las narices.

—Has acertado: estoy saciada de comer, de cantar, de bailar y de reír con todo un poblado africano.

Entre las azucenas olvidado

Mis amigas se llevaron las manos a la cabeza...

—Pero, ¿cómo os lo montáis para que siempre tengáis gente pegada a vosotros? —me preguntó Lily divertida mientras chupaba un caramelo.

Claro, como ella vivía con su perro y se pasaba esos fines de semana tan emocionantes tirándose en el sofá o la cama, todavía podía venir a hacer gracietas a mi costa.

Así que para que les quedara bien clarito, solté:

—¡Me lo he pasado genial! Ge-ni-al. Ha sido una noche perfecta.

—Porque habéis echado un quiqui volador —concluyó Estrella con una sonrisa de oreja a oreja y haciendo la V de victoria con los dedos.

—En el avión lo que hemos hecho es dormir, estábamos exhaustos.

Mis amigas se miraron y sin hablar se dijeron: «esta pánfila no tiene remedio». Pero se equivocaban...

—Próximamente tendré una nueva oportunidad... —anuncié estirando el cuello y levantando una ceja en lo que pretendía ser un gesto de orgullo.

—¿Qué te ha propuesto? —preguntó Lily apoyando los codos en el mostrador y sosteniendo su cara guapa y reluciente con las manos.

—A las ocho me viene a buscar y nos vamos a París.

—Vete ya. —Lily hizo el gesto de que me fuera inclinando la cabeza hacia un lado—. No sé qué haces aquí.

—Él tiene que hacer unas gestiones, está bien así.

Las gestiones tenían que ver con fray Benito, cómo no. Antes de despedirnos, Hugo me contó que iba a consultar a una persona de su confianza experta en simbología para ver si podía ayudarnos con nuestro jeroglífico.

Y mi amiga Estrella, entretanto, seguía a lo suyo:

—¿Vais a pasar el *finde* juntos?

Asentí, mordiéndome los labios.

—Esta sí que sí —dijo Lily guiñándome un ojo.

—Confiamos en ti. Deja el pabellón bien alto —habló Estrella, levantando los pulgares.

—Haré lo que se pueda. —Y me encogí de hombros.

—Saldrás a dejarte la piel en el escenario —replicó Estrella, dándome tal golpe en la espalda que me hizo trastabillar.

Y, con esa actitud ganadora, me subí de nuevo en el Gulfstream...

—Me estás acostumbrando muy mal —le dije a Hugo justo después de despegar—. Ayer África, hoy París...

—No te hagas ilusiones, estoy echando el resto por fray Benito. En cuanto descubramos el pastel, hoy Algete, mañana Móstoles.

Eché mi asiento hacia atrás y cerré los ojos.

—Entonces, si dependo del descubrimiento, tengo avioncito para mucho tiempo.

—Me parece que no.

Abrí los ojos. La voz de Hugo sonaba muy segura.

—¿Sabes algo nuevo?

—Mi contacto parece que ha encontrado algo: hemos quedado a las once de esta noche en la librería La Hune. Así que, cariño, prepárate para disfrutar de nuevas y más emocionantes aventuras...

—Al menos esta noche dormiremos juntos.

Entre las azucenas olvidado

—Quién sabe. O mañana por la mañana. O pasado. Estas cosas, son imprevisibles... Se sabe cuándo se empiezan pero nunca cuándo se acaban...

Ah no. Yo no estaba dispuesta a demorar aquello mucho más, así que acudí con mis sentidos agudizados a la cita para acabar cuanto antes.

A las once de la noche nos esperaba en la librería La Hune, en la sección de los *art zines*, un señor de unos setenta años con aspecto de faquir —baja estatura, menudo y con barba de chivo—, pero vestido de ciclista...

—He *venidó* en bici *pagá* no *despegtag sospechag*.

El experto en simbología André Martin de Lamps hablaba español como Rigodón, el mayordomo de Willy Fogg.

—*Igué al ganó*...

—Ha dicho iré al grano —me aclaró Hugo.

—Lo he entendido, no hace falta que traduzcas. Gracias. Si no, nos iban a dar las uvas en la librería...

El experto, después de comprobar que no había nadie a nuestro alrededor, solo unos japoneses al fondo que era imposible que escucharan ni entendieran nada, reveló muy serio:

—*Pagá* mí la *clavé egtá* en las *azzzushenás*.

—Ha llegado a la misma conclusión que yo. ¿Pero dónde buscamos esas azucenas?

—Me *paguese* que sé dónde podemos *encontraglas*. Verán, las *azzzushenás* son la *flog* del dejamiento *pagá* los sufíes que logran la última etapa mística donde ya las palabras sobran.

Los sufíes... yo ya me veía volando a Pakistán, pero me equivoqué.

—Pensaba que *pog* aquí podían *venig* los *tigos* pero enseguida lo *descagté*. Nada que *gascar*... Entonses, ¿qué *hise*? *Ig* al *simboló*... Una de las *vaguiedades* de la *azzzushená* es la *flog* de lis, que *guepresenta* a la casa *gueal* francesa, lo que me lleva a *afirmag* que lo que están buscando está en *Paguí*, pues es donde estaba la *cogte*.

Hugo se rascó la cabeza y con cara de pasmo dijo:

—Jamás se me habría pasado por la cabeza que la respuesta a nuestro jeroglífico se encontrara en París.

Yo sentía mucho contradecir al experto, pero aquello atentaba contra toda lógica:

—No tiene sentido. Fray Benito nunca salió de España y que yo sepa no tenía ninguna vinculación con la corte francesa.

—Déjeme *tegminag* y lo entenderán. Lo que buscan cuando lo encuentren *segá* un premio por las fatigas pasadas, pues en *hegáldica* la *azzzushená* simboliza la recompensa por las *heguidas guecibidas*.

Y eso que iba a ir al grano. Nos iban a cerrar la librería y aún seguíamos repasando conceptos de simbología de primero...

—Todo eso está muy bien —dije mordiéndome los labios por los nervios—, ¿pero dónde lo buscamos? París es muy grande.

—*Paga sabeg* dónde hay que *buscag* hay que *centragse* en la temática del poema: el *amog* pleno, la unión mística de las almas, *amogues* en suma que *guecuegdan* a otros mitológicos como los de *Pígamo* y Tisbe, *Ogfeo* y *Euguídice* y Leandro y *Hego*.

—Sí, esa era la teoría de Domingo Ynduráin en su estu-

dio sobre el poema. Pero no veo qué puede aportarnos...
—repliqué apoyando la espalda en una de las blancas estanterías de la librería.

—*Ahoga* lo *vegá*. No sea tan impaciente. *Cuguiosamente* en La Butte hay una pequeña iglesia que *consegva* un *cuguioso* tríptico, pintado por un fraile jerónimo español, venido a *Paguí* en 1597 y *contempoganeó* de fray Benito, que *guetrata* esos tres *amógues* mitológicos. Fray Benito no salió de España *pego* pudo *dagle* a su amigo fraile, *pagá* que lo *escondiega,* lo que ustedes están buscando.

Hugo y yo nos miramos boquiabiertos.

—Ahí tienen la *guespuesta* a su enigma.

El experto nos sonrió por primera vez mostrándonos hasta el último de sus implantes...

—He conseguido una copia de la llave de la iglesia, si *quieguen* podemos ir *agora* mismo...

Hugo ni se lo pensó:

—Claro que queremos.

—¿Conoce la iglesia, Hugo? ¿Una pequeña que está al lado del café de nuestro amigo común Denis el Loco?

Hugo asintió sonriendo con picardía, a saber qué recuerdos le habría traído el tal Denis el Loco...

—Pues nos vemos allí...

Salimos de la librería, el experto se marchó con su bicicleta hacia la iglesia de La Butte y nosotros nos quedamos esperando un taxi que tardó un poco en aparecer.

A mí, entonces, me asaltaron las dudas...

—Va a llegar antes que nosotros. ¿Te fías de él?

—He hablado con André esta mañana, ha tenido tiempo de sobra para entrar en la iglesia y llevarse el elixir, pero no lo va a hacer.

—¿Por qué estás tan seguro?

—Porque hay gente que es honrada y aunque se queden solos en la pastelería, jamás se llevarán un pastel sin pagarlo.

Bajé la vista al suelo, me sentía fatal por haberme mostrado tan desconfiada...

—No pasa nada —me dijo Hugo dándome un beso en los labios—. Tú no conoces a André como yo, es normal que tengas tus reservas.

Me abracé a él. Me entendía. Me sentía escuchada y comprendida. Con Hugo podía ser yo, podía mostrar hasta la más estúpida de mis neuras que ahí siempre estaba él para decir: no pasa nada. Y no pasaba de verdad, con él podía decir y hacer lo que quisiera sin temor a ser juzgada, podía amenazar a una anciana con una pala, bailar con un poblado entero en la playa o desconfiar de alguien decente, para mi bochorno. Daba lo mismo, hiciera lo que hiciera, dijera lo que dijera, él siempre estaba ahí, sólido y seguro como un refugio de montaña en pleno temporal de nieve.

—Gracias —dije feliz.

—¿Gracias *poggg qué*? —preguntó Hugo con el ceño fruncido.

—Por entenderme —respondí riéndome. Se le daba fatal hacerse el Rigodón.

—Ven aquí... —Hugo me abrazó mucho más fuerte y luego añadió—: Te voy a dar un beso parisino...

Y me besó. Fue un larguísimo beso lleno de luz, de flores, de paseos por infinitas avenidas, de cafés, de *brioches*,

Entre las azucenas olvidado

de puentes que cruzan los enamorados, de atardeceres rosados, del Louvre, de tejados caóticos, de plazas mojadas por la lluvia, de mercados, de moda, de libros, de restaurantes, de molinos rojos, de parques con sauces llorones, de la torre Eiffel iluminada de noche... De París entero.

Pedí, por si alguien me escuchaba, que aquello fuera eterno, pero un taxi paró a nuestro lado, justo en el semáforo, y nos subimos. El taxista tenía puesta la canción *Les voyages en train* de Grand Corps Malade...

—Me gusta esta canción —dijo Hugo.

—¿Qué dice la letra?

—Dice que las historias de amor son como viajes en tren, es fácil tomar el tren pero hay que subir al correcto. Hay algunos para los que los trenes están siempre en huelga, otros que se meten en el primero que ven y se tienen que bajar en la siguiente estación, los hay aventureros, que hacen un viaje tras otro... Pero solo hay una cosa segura: siempre hay una estación de llegada.

—¿Y lo crees?

—*Oui.*

—Yo siento que podría amar para siempre.

A él, pero no se lo dije.

—Yo he amado, pero solo una vez pudo ser para siempre y entonces la muerte se llevó a Isabelle.

—Pero la llevas contigo, está dentro de ti. Para siempre.

Hugo me miró y dijo:

—No me importaría que contigo fuera siempre.

Me desarmó. Apoyé mi cabeza en su hombro y susurré:

—Ni a mí tampoco.

—Pero para siempre de verdad, Eva...

Yo no tenía ninguna esperanza de encontrar nada en la iglesia a la que nos dirigíamos, fray Benito era un hombre demasiado pragmático como para idear un jeroglífico tan enrevesado. Así que el para siempre de verdad de Hugo, en mi caso, estaba más que descartado, aunque no puede evitar decir...

—A mí tampoco me importaría que contigo fuera para siempre, para siempre de verdad.

Y lo dije convencida, mientras el taxi se adentraba por calles estrechas y empedradas, ocupadas por edificios de estilo *art nouveau*, cafés para enamorase, restaurantes para reconciliarse y tiendas con encanto para perderse.

El taxista nos dejó en la puerta de una pequeña iglesia del XVI, de fachada renacentista, construida sobre otra del siglo XII, donde nos estaba esperando André apoyado en su bicicleta.

Después de comprobar que no había nadie en la calle que pudiera vernos, abrió la puerta con una llave roñosa con mucho sigilo, dio las luces y pasamos.

La iglesia tenía una sola nave con capillas laterales cubiertas con una bóveda de medio cañón, un retablo sencillo, un órgano que debía hacer años que no tocaba nadie y apenas diez filas de bancos de madera tosca.

Lo primero que hice al entrar fue poner unas velas eléctricas a la Virgen de Fátima que estaba justo a la entrada por lo que pudiera pasar, y Hugo y André se fueron directamente al tríptico que estaba colgado en la pared cerca del altar.

Cuando terminé con las velas, me uní a ellos. André le estaba explicando a Hugo que el tríptico era un óleo sobre tabla, que cerrado tenía pintado el retrato de la Virgen del Carmen para disimular su contenido erótico.

Las tablas abiertas con la representación de las criaturas mitológicas rollizas y semidesnudas eran bastante mediocres, pero con todo tenían su gracia.

—Pienso que lo que buscan tiene que *estag* detrás del *tríptico*. Lo *mejog* es que la joven se suba a sus hombros, lo descuelgue y lo *comprogbemos*.

—Ah no. Conmigo no cuente. Soy muy torpe. Todo se me cae de las manos. Menuda responsabilidad.

—Bien, pues lo *hagé* yo.

André, después de ponerse unos guantes de látex y una linterna de cabeza que llevaba en su riñonera de ciclista, le dijo a Hugo que estaba preparado.

Como si se hubiera pasado la vida entera haciendo acrobacias, André se subió en un pispás a los hombros de Hugo y descolgó el tríptico, que dejó con mucho cuidado en uno de los bancos.

Después, iluminó con otra linterna que extrajo de su riñonera la zona que ocultaba el cuadro y no encontramos absolutamente nada. Incluso el experto acróbata volvió a subirse a los hombros de Hugo para palpar la pared por si alguno de los sillares se movía, pero allí todo siguió inmutable.

No dije que sabía que eso iba a pasar porque sé lo mal que sienta que te lo digan, pero que conste que lo sabía.

—Hay que *migag* más *aguiba*. Necesitamos a la *señoguita...*

—¿Qué quiere hacer? ¿Una torre humana? Con la señorita no cuente.

—Es muy sencillo. Súbase a mis hombros y *voilà*.

—Los *castellers* se pasan años entrenando para hacer eso.

—*Pego* ellos hacen *togues* gigantes, nosotros solo somos *tregs* y *segá* un momentito. *Allez, allez,* Eva. Sin miedo. Quien algo *quiegue* algo le cuesta... —canturreó mientras se daba golpecitos en los hombros.

André se subió otra vez en los hombros de Hugo y, solo para que se callara, me descalcé, coloqué un pie en la cadera del duque, me impulsé con todo el cuerpo, coloqué mis manos en sus hombros —lo pasé un poco mal por si le herniábamos, pero como era inmortal tenía enmienda—, detrás de mi manos fueron mis pies, luego André tiró de mí y sin saber cómo acabé sentada en sus hombros. Menos mal que esa vez llevaba un casto vestido de tirantes negro y no enseñé nada.

—¡Usted ha trabajado en un circo! —dije eufórica, en cuanto me vi arriba.

—No, *pego* soy muy observador, *señoguita. Agora* toque por ahí *aguiba* a ver si encuentra algo...

Toqué y retoqué, pero no hallé absolutamente nada.

—Lo siento, pero no hay nada más que pared.

—Más lamento yo *habegles* hecho *pegdeg* el tiempo —concluyó apenado André.

—No pasa nada —repuso Hugo que estaba tan pancho, como si en vez de dos personas sobre sus hombros, tuviera un canario y un loro—. Hemos conocido esta iglesia, Eva ha puesto velas, hemos hecho un *castell*...

—Sí, a *pesag* de la decepción, me siento muy bien. *Frangcamente* bien. Se crean unos lazos especiales cuando *fogmás* parte de una *togue humaná.* ¿No creen? —Nosotros asentimos y André luego añadió—: Y usted Eva, *es-*

pego que tenga más *suegte* con las velas que yo con mis investigaciones...

Pues sí. La tuve. Una de las cosas que pedí a la Virgen enseguida se cumplió porque Hugo me llevó a su casa en la Avenida Marceau, un palacete que necesitaría trescientos folios para describir, con su zaguán con una enorme puerta de entrada para carruajes, su escalera preciosa para lucir los trajes, y repletos del más fascinante mobiliario y de la decoración más lujosa, con acabados de marquetería, molduras recargadas, cortinones de seda y techos historiados: un vestíbulo, una antecámara, un salón de baile, un antesalón, un comedor, un oratorio, un *boudoir*, gabinete, un *fumoir*, un despacho, sala de billar, un ático...

Y arte. Arte por todas partes. Primitivos flamencos, Bramantino, Holbein, Durero, de la Tour, Vermeer, Vouet, Velázquez, Ribera, Van Dyck, Chardin, Gainsborough, Mengs, Courbet, Madrazo, Pisarro, Morisot, Sargent, Van Gogh, Beckmann, Grosz, Dix, Hooper, Koons, Louise Bourgeois, Kusama, Agnes Martin, Cecily Brown...

—¡Qué sobrecarga visual! —exclamé cuando llegamos al salón de baile y ya había perdido la cuenta de los cuadros que llevábamos vistos.

El salón de baile era otra obra de arte, con las paredes cubiertas de seda de color salmón, a juego con las sillas de caoba, los grandes espejos que reflejaban a los fantasmas y la luz de las arañas, el techo invadido por una alegoría del amor, las consolas con porcelanas, las mesitas con cajas de música, la chimenea con fotos en la repisa, el piano en madera de palosanto de la casa Pleyel y el diván en el que me tumbé.

—Tú casa parece un museo y yo siempre he querido hacer esto en un museo —dije larga y tendida, como una marquesa a la que acabara de darle un vahído.

—Tendría que dejar respirar más a las paredes, pero cuando he intentado descolgar algún cuadro he sido incapaz de decidirme —habló Hugo sentándose en una silla a mi lado, como si fuera mi psiquiatra.

Pero las preguntas de psiquiatra las empecé a hacer yo:

—¿Por qué coleccionas arte?

—Porque creo en el arte. Expresa una verdad y yo la quiero. Da sentido a mi vida.

Yo también quería una verdad que estaba sentada a mi lado, pero en vez de decirlo opté por la pregunta de marquesa recatada:

—¿Y cómo sabes qué tienes que comprar?

—¿Cómo sabes que te has enamorado? —replicó cruzando las piernas. Yo me estremecí.

Me llevé la mano a la tripa y respondí con conocimiento de causa, porque era justo lo que estaba sintiendo en ese momento:

—Porque lo siento aquí.

Hugo se sentó en el suelo junto al diván y desde ahí posó su mano encima de la mano que yo tenía sobre mi regazo, haciendo que mi sangre ardiera, que mi corazón latiera con más fuerza, que mi deseo se desbocara.

—El arte es igual —dijo mientras su mano, ávida, ascendía por mi cuerpo hasta recalar en mi pecho—. Es instinto. Es visceral. Es pura alquimia como la que hacía nuestro fray Benito. Descubres un día una obra, y te atrapa porque es bella —musitó mientras bajaba lentamente uno de los tirantes de mi vestido, y un pecho quedaba al

Entre las azucenas olvidado

aire: no llevaba sujetador—, porque tiene verdad, porque te hace preguntas —dijo acariciando suavemente el pecho que todavía estaba cubierto—, porque no te la puedes quitar de la cabeza, porque la echas de menos —yo suspiré de placer—, porque reparas en tus errores —siguió acariciando mis clavículas—, porque te gustaría cambiar cosas —y el cuello—, porque descubres en definitiva que tiene que estar contigo.

—Yo he descubierto algo parecido... —confesé acariciando el pelo de Hugo.

—Y yo. ¿Sigo hablando de arte?

Asentí con la cabeza.

—Los coleccionistas, cuando sentimos el flechazo nunca demostramos nuestro interés para que no nos suban el precio... —Hugo dejó caer el otro tirante y el vestido se deslizó hasta la cintura—, tampoco nos gustan las prisas, eso se lo dejamos a los especuladores, que compran no por amor, sino para diversificar su cartera de inversiones. —Descendí mi mano por el cuello del coleccionista al que no le gustaban las prisas y comencé a desabotonarle la camisa—. Me encanta verlos sentados en las primeras filas de las subastas de Londres o Nueva York, con su paleta levantada gritando aquí estoy yo, soy un perfecto *parvenú*.

—¿Tú no vas a las subastas? —susurré agónica porque la mano de Hugo, avariciosa y febril, se perdía entre mis piernas.

—Nunca. Siempre compro por teléfono, si ganas una obra todos se enteran, pero si pierdes no lo sabes más que tú. —Mis manos acariciaban el torso y los abdominales perfectos del hombre que me tenía a su merced—. Aunque yo no compro mucho, lo mío son más las gangas, me gusta comprar barato y luego colocárselo al MOMA. Soy un coleccionista con fama de serio y cuando compro algo, todos lo quieren. Como ves, mi vanidad no tiene límites... —dijo quitándose la camisa con una virilidad que me excitó más todavía—. Pero sí, en este mundo nos pasamos el día fastidiándonos, pero con estilo... —Hugo tiró de mi vestido y me dejó en braguitas sobre el diván, trémula de deseo—. También me apasiona apoyar a los nuevos talentos —susurró mientras acariciaba mis muslos—, ahora tengo en mi galería expuesta la obra de un chico indio en la que denuncia la tragedia de los transgénicos en la India, pinta calaveras entre maizales... Es auténtico y tiene fuerza. Me enamora. Como tú.

—¿Estás enamorado de mí? —susurré, devorada por la pasión y el amor.

Hugo se tumbó encima de mí, los ojos le brillaban, sentía su piel caliente, su excitante olor, sus músculos firmes, todos sus músculos...

—Yo sí. Estoy enamorado de ti, Eva.

Sentí un vuelco en el corazón, aguijonazos de deseo, de amor, de fuego.

—Y yo... Yo creo que también...

—¿Crees? —preguntó Hugo, agónico.

—Sí, me siento más idiota de lo habitual y estoy eufórica. Febril. Exultante. Dichosa. Loca perdida...

—Yo también... —dijo enterrando su rostro en mi pelo y luego besando mi cuello.

—Y sé que todo esto pasará y sé que acabaré pifiándola y decepcionándote tarde o temprano...

Entre las azucenas olvidado

El duque levantó la cabeza y me miró divertido:
—¿Te recuerdo el episodio manchego?
Negué con la cabeza, sonriendo.
—Sigo aquí, después de todo. Como tú sigues después de ver lo estúpido que soy...
—¿Sabes una cosa?
—Dime... —susurró con sus labios rozando casi los míos.
—Intuyo que cuando pase toda esta ilusión, toda esta locura, que es maravillosa y que pienso disfrutarla al máximo, se quedará la esencia, lo verdadero, tu verdad y la mía, desnuda, desnudos, con nuestras desilusiones y miserias respectivas, pero para entonces, para cuando ese momento llegue, siento que habremos aprendido a amarnos y que seremos felices, de verdad.
—Yo también lo siento así aunque sea una locura. No dejamos de ser casi dos extraños que apenas comenzamos a conocernos, pero tengo una certeza: sé que voy a amarte de verdad.
—Yo ya lo estoy haciendo...
—Y yo... Tengo el corazón lleno de ti, de tu piel, de tu olor, de tu mirada... —musitó Hugo en mi oído.
Entonces, nos besamos como deben ser los besos: intensos y profundos, para robar el alma de aquella persona a la que besas y para entregarle al mismo tiempo la tuya...

Entre las azucenas olvidado

CAPÍTULO 11

—Te dije que lo quería todo, Eva. Y así va ser. Haremos el amor apenas ondulándonos y vamos a follarnos hasta desatar todas las tempestades.
—Hagámoslo...
Hugo me besó por todo el cuerpo, lo recorrió con su lengua, fue lento, fue tierno, fue dulce, se demoró con sus caricias donde había que demorarse, y cuando sintió el apremio de mi deseo, lo sació con creces. Yo no me quedé atrás y besé, mordisqueé y lamí, hasta que Hugo entró dentro de mí con una potente embestida, y ondulándonos, con movimientos largos y cadenciosos, entre jadeos y suspiros, arrebatados de deseo voraz, se vació dentro de mí.
Fue grandioso.
Llamadme exagerada, estúpida y cursi, pero no puedo definirlo de otra forma porque sería injusta.
Luego, feliz y saciada, como la Amada del poema de San Juan de la Cruz que tantos quebraderos de cabeza nos estaba dando, me *recliné* sobre mi amado; *cesó todo*, y dejé *mi cuidado entre las azucenas olvidado...*

Entre las azucenas olvidado

—Y si no hubiera más misterio que este... —le dije a Hugo mientras acariciaba su torso—. No hay estado más perfecto ni más puro que el de dos cuerpos exhaustos después de amarse.

—El amor nos hace trascender... —susurró Hugo acariciando mi espalda.

—Hace que seamos eternos. ¿Y si ese es el elixir? ¿Y si esa es la resolución del jeroglífico de fray Benito?

—Me da igual todo —me dijo mordisqueando el lóbulo de mi oreja—. Yo no quiero ser. Quiero estar. Dentro de ti.

—¿Otra vez?

Hugo me tomó por las nalgas para que sintiera de nuevo su erección.

—Sí, Eva. Otra vez.

Me cogió en brazos y me llevó hasta la repisa de la chimenea, en la que me dejó sentada. Excitado, muy excitado, abrió mis piernas, con sus labios que ardían torturó mis pezones, mi cuello, mi boca, mi sexo... Gemí y orgasmé, una, dos, tres veces... Luego, besé, lamí y supliqué, y Hugo, con el poco control que le quedaba, con todo su apremio, con todas nuestras ganas, entró dentro de mí y follamos salvajes, urgentes, locos y desesperados...

Y en París se desató una tormenta...

Nos pasamos el fin de semana haciéndolo en todas las habitaciones del palacete, en todas no, pero en casi todas. Hablamos, reímos, follamos y volvimos a hablar, a reír y a follar, así una y otra vez hasta que perdimos la cuenta.

Aunque también nos dio tiempo para hacer más cosas. Hugo tocó en su piano minuetos y tarantelas que yo bailé a lo siglo XXI; me enseñó sus retratos pintados por los mejores pintores de los últimos cinco siglos, desde Sofonisba Anguissola a Lucien Freud, y disfrutamos de una comida muy especial en casa...

Hugo llamó a la Brasserie Lipp para que nos trajeran a domicilio algunas de sus delicias: *ratatouille* de verduras, lenguado *meunier* y el milhojas *kirsch*, y para degustarlo nos vestimos de la forma más elegante.

Fue el duque el que lo propuso...

—Como vamos a comer en el comedor este que tengo a todo trapo —dijo con sorna levantando las cejas—, con arañas, porcelanas exquisitas y con mis cuadros de Corot, Renoir, Ducreux, Ingres, Toulouse-Lautrec y Gerome, me pide el cuerpo vestirme del XIX, si no te importa. Cada época tiene su punto, pero yo en moda soy totalmente decimonónico, siempre que puedo me visto así.

—¿Y el personal de la casa no piensa que estás chiflado cuando te ven disfrazado?

—Ahora como se lleva todo, no les sorprendería ni que comiera con yelmo.

—Yo también quiero vestirme...

—Vete al vestidor de Laura, seguro que encuentras algo.

El vestidor de Laura parecía una tienda de disfraces, había vestidos preciosos de todas las épocas pero yo me quedé con un vestido largo del XIX de color marfil, con bordados en plata, escote palabra de honor y cola de casi un metro.

Hugo apareció con una camisa blanca con corbata de lazo, una levita azul Prusia con botonadura de bronce, unos pantalones beige y unas botas negras: no se podía estar ni más elegante, ni más atractivo.

—Estás preciosa... —dijo en cuanto me vio.

—Pues tú...

—No sé cómo estaré yo, lo que sí sé es que soy el hombre más afortunado del mundo porque estés aquí, en mi casa, en mi vida y en mi corazón.

Hugo me ofreció su brazo y así nos dirigimos al comedor, donde nos burlamos del tiempo. Estábamos en el XXI, pero también en el XIX, además nos amábamos, ergo éramos eternos. Ni había principio ni vivíamos con la amenaza de un final. Éramos siempre.

Un siempre alegre y feliz que pendía de un hilo, un hilo tan fino que una moira al día siguiente estuvo a punto de cortarlo...

El lunes por la mañana regresamos a Madrid. Hugo me acercó a la farmacia, me despedí de él con un beso de muerte y quedamos en que me vendría a buscar a la salida.

Me bajé del coche y Hugo me dijo desde la ventanilla:

—Se me va a hacer eterno.

—Y a mí.

El cielo estaba despejado de nubes, como mi corazón lleno de dudas y temores. Estaba decidida a amar al hombre que me estaba cogiendo de la mano para retenerme aunque fueran un segundos más.

—Me tengo que ir, mi duque.

—Tengo muchas ganas de dormir esta noche en tu cama.

—Me parece que vamos a dormir muy poco...

Solté la mano de Hugo, le guiñé un ojo y crucé la calle. Ya en la puerta de la farmacia, recibí una llamada de un número oculto.

El duque se despidió de mí con la mano y se fue. No pudo esperar a que entrara en la farmacia porque estaba aparcado en doble fila y tenía un coche esperando detrás.

Le dije adiós con una enorme sonrisa. Y atendí la llamada.

—Sí...

—¿Eva Villena?

Era una voz de mujer dura, segura, intimidante, con un ligero acento italiano.

—Sí, soy yo.

—¿Ve un Maserati negro aparcado muy cerca de donde se encuentra?

—No entiendo de coches. ¿Cómo es un Maserati?

—El mejor coche que hay aparcado en la calle. Mire a su derecha. Cuente cinco coches a partir de donde se encuentra. ¿Lo ve?

Hice una visera con la mano, porque el sol me deslumbraba y sí, vi un coche negro muy bonito.

—Sí, lo veo.

—Acérquese a él. —Me dio una orden firme y seca como un hipnotizador.

—Pero ¿quién es usted?

Di unos cuantos pasos hacia el Maserati para averiguar si había alguien dentro, si bien no pude ver nada porque los cristales estaban tintados.

—Ahora lo va a saber.

Una mujer altísima, vestida con un ajustado traje negro a la rodilla, media melena rizada y unas gafas de sol enormes, salió del Maserati con una cartera de mano roja debajo del brazo.

—Francesca... —musité apenas conteniendo la respiración.

Francesca cerró la puerta del coche y dio tres pasos hacia mí. Estábamos casi frente a frente. Tan cerca que seguro que igual que yo estaba oliendo su carísimo perfume, ella estaba oliendo mi miedo.

—Francesca de Lerena. Te dije que estaríamos vigilándote —dijo mirándome por encima de las gafas de sol— y últimamente has estado moviéndote mucho.

—Tengo vacaciones.

—Ya. Has cambiado tus viajes en autobús de línea a Benidorm por vuelos en Gulfstream a París.

—Los gustos cambian...

—No me hagas perder el tiempo y dime qué habéis descubierto.

—Nada —respondí encogiéndome de hombros e intentando darle empaque a mi voz para que Francesca no percibiera mi miedo.

—¿Qué encontrasteis en la iglesia de La Butte?

—Nada. Fuimos a ver un tríptico en el que estaba interesado Hugo...

—El duque te está utilizando. Ahora que ha conseguido lo que buscaba, se deshará de ti.

La calumnia me dio la fuerza que necesitaba para plantarle cara:

—Ni me está utilizando, ni hemos encontrado nada. Me tengo que ir a trabajar. Y usted váyase por donde ha venido.

Me di la vuelta y dejé a Francesca con la palabra en la boca. Pero al instante, me gritó:

—¡Espera! Tengo algo para ti.

Me giré. Me estaba apuntando con una pistola rosa que acababa de sacar de su cartera.

—Jajaja. ¿Pretende asustarme con una pistola de plástico? —Estaba muerta de la risa de verdad. No era una pose con la que camuflar que estaba muerta de miedo. Al contrario, mi miedo se había disipado por completo.

—Ignorante. Es una Pink Lady calibre treinta y ocho especial. Es una maravilla, es ligera, tiene el cañón muy corto, un tambor para cinco balas y cabe perfectamente en el bolso. Deberías comprarte una.

Entendía de armas tanto como de coches, pero por el tono que utilizó para definir a su revólver, supe que decía la verdad.

Miré a ambos lados de la calle, rezando para que pasara alguien, para que Estrella saliera de su bar, para que algún vecino se asomara a la ventana. Pero todos tenían ese día algo mejor que hacer y ninguno apareció... De nuevo, regresó el miedo y con él, mi disimulo:

—Si las balas pudieran cargarse a los Bisontes, no dudes de que hace mucho que me habría comprado una.

Acababa de firmar mi sentencia de muerte...

—Hugo tiene la lengua demasiado larga y tú sabes demasiado.

Francesca apuntó a mi cabeza y sin mediar más palabras, disparó. Un ruido seco y ensordecedor despedazó el silencio de una mañana de agosto que apenas despertaba. Del revólver salió un fuego azulado que impactó en mi

Entre las azucenas olvidado

boca abrasándome. Mi cabeza me pesaba demasiado, pero no sentía dolor. Tambaleándome, con la sensación de que el desmayo estaba a punto de fulminarme, logré llegar hasta la puerta de la farmacia. Mi miedo era que Francesca viniera a rematarme, así que me dejé caer al suelo y me fingí muerta. Luego, escuché un motor de coche arrancar y marcharse a toda prisa...

Cuando ya estaba a punto de perder el control de mi cuerpo, golpeé la puerta del cristal de la farmacia. Mi vestido estaba empapado de sangre, notaba cómo la vida se me estaba yendo, pero yo no quería morir... No podía morir. No, ahora... No podía hacerle eso a Hugo... ni a mi madre que estaba en Benidorm... Ni a Lily ni...

Lily abrió la puerta de la farmacia.

—¡Dios mío, Eva!

Me arrastró hasta dentro de la farmacia sin dejar de sollozar:

—Va a salir todo bien, va a salir todo bien...

Con un hilo de voz, pude musitar:

—Ha sido Francesca... Llama a Hugo... Por favor.

No hizo falta que lo hiciera porque Hugo, mi duque, mi amor, estaba entrando por la puerta en ese momento. No había podido resistirse a la tentación de darme otro beso, había decidido regresar, y allí estaba para darme un beso, tal vez el último.

—¿Qué ha pasado? ¡Eva, amor mío!

Hugo se sentó en el suelo a mi lado, puso una mano en mi frente y con la otra entrelazó mi mano.

—Ha sido Francesca... Me ha pegado un tiro con una pistola rosa... Lo siento, mi duque... pero ahora... ahora sí que se te va a hacer la espera eterna... —bromeé a pesar de la angustia y del miedo, a pesar de que respiraba cada vez peor.

—Escúchame, no vas a morir... Estoy aquí. Estoy contigo y todo va a salir bien. ¿Has llamado al 112? —le gritó a Lily, que no paraba de llorar.

Lily, que tenía la bata llena de sangre, negó con la cabeza.

—¿Y a qué esperas? —le espetó desencajado. Fuera de sí.

Hugo cogió su móvil, pero Lily se lo quitó de la mano.

—¿Pero qué haces? —bramó furioso.

—Yo puedo curarla.

—¿Cómo? —soltó desesperado.

—Tengo algo en la rebotica... —respondió mi amiga entre sollozos.

—¿El qué? ¿Ibuprofeno y tiritas? ¡Llama de una maldita vez al 112!

Lily me miró con amor y entonces lo supe, lo vi, lo sentí. Lily. Mi amiga se tapó la mano con la boca y luego se marchó a toda prisa a la rebotica, dejándonos a Hugo y a mí solos.

—¡Esta chica está en estado shock! ¡Se le ha ido la pinza por completo! —exclamó Hugo angustiadísimo.

Se puso en pie y se lanzó al teléfono del mostrador...

—No... —susurré.

Mi respiración era cada vez más dificultosa, no paraba de tragar sangre, pero todavía pude balbucear:

—Es ella.

—¿Qué dices, mi amor?

—Ella...

Entre las azucenas olvidado

Hugo se agachó de nuevo junto a mí, tomó mis manos y susurró:

—Mi amor, ¿de qué me estás hablando?

De súbito, lo entendí. *...cesó todo, y dejéme dejando mi cuidado entre las azucenas olvidado...* Lily era la azucena a la que fray Benito había dejado al cuidado de su secreto. Lily significa azucena en inglés...

—Fray Benito era mi tío —dijo Lily, que acababa de salir de la rebotica con un pequeño frasco tallado en oro, llorando a lágrima viva.

—Canelo, tu perro... —musité con las lágrimas rodando por mi rostro.

—Lo que te ha costado pillarlo —susurró Lily sentándose a mi lado—. Llevo siglos con mi secreto a cuestas. El día que mi tío descubrió el elixir nos lo dio a Canelo y a mí, sin que lo supiéramos. Luego, en una nota que dejó junto a la dosis que ahora te vas a tomar, me dijo que quería irse con Dios, que me quedara yo con su dosis para que se la diera a la persona que amara. Esa persona jamás llegó... —sollozó—. No conozco el amor... —dijo retirándose las lágrimas de un manotazo—. En cinco siglos, todavía no he tenido la suerte de encontrar a mi gran amor con mayúsculas, pero sí he tenido la suerte de encontrar la amistad con mayúsculas, por eso quiero que te tomes el elixir y hagamos que esta amistad sea eterna.

—Hugo...

No pude decir más. Me sentía cada vez más pesada, más lejos, más en paz... Le miré, pero mis ojos se cerraron con una única certeza: Hugo quería morir y necesitaba el elixir para encontrar un posible antídoto.

Entonces, noté su beso en la frente y sus palabras, que volaron tan alto como las nubes...

—Yo lo que quiero es amar. Amarte. Por siempre. No puedes irte, mi amor. No puedes dejarme ahora que te he encontrado...

Me sentía cada vez más floja, más cansada, más sin vida.

—Tómate el elixir, por favor... —sollozó Hugo.

Él lo necesitaba más que yo. Mucho más que yo... No podía acabar con su única esperanza... Ni con la del mundo. Yo no importaba ya nada, solo tenía que entregarme al sueño eterno que estaba a punto de vencerme y anegarme de amor y de luz.

Entonces, en la lejanía, ya muy muy lejos, escuché el eco del grito desgarrado de Hugo:

—*Je t'aime!*

Y acto seguido, según me contaron, porque yo ya no recuerdo nada más, mi amor le arrebató el frasco a Lily, lo abrió con furia y lo puso en mi boca diciendo:

—Tómalo, mi amor, tómalo...

Tragué el elixir que tenía un sabor herrumbroso, eso sí lo recuerdo, de repente un sabor y luego una chispa, un aliento de vida, que poco a poco fue despertando mi cuerpo. Sentí que del corazón irradiaba una especie de luz y de energía que alcanzó hasta la última célula de mi cuerpo. De súbito, volvieron las fuerzas, mi respiración era normal, ya no sangraba...

Rompí a llorar. Me incorporé, Hugo y Lily me abrazaron, y así estuvimos llorando los tres hasta que al fin logré decir:

Entre las azucenas olvidado

—¿Por qué... por qué... lo hiciste todo tan complicado... Lily?

—Si te llego a contar que soy del siglo XVI, ¿me habrías creído o me habrías tomado por una trastornada? —hipó, luego se retiró con la manga de la bata las lágrimas y siguió hablando—: Pensé que lo mejor sería que lo descubrieras poco a poco, que te leyeras todos los tratados, que entraras en profundidad en la materia, pero luego apareció Francesca y se estropeó todo.

Mi amiga tenía razón y yo solo sentía infinita gratitud hacia ella:

—¡Gracias, Lily! Gracias... —dije abrazándola entre lágrimas.

—Llevo siglos analizando el elixir, de hecho nos conocimos en la facultad porque llevo siglos investigando. Cada tanto me inscribo en la universidad para seguir formándome. Y me caíste tan bien, pensé que juntas podríamos llegar muy lejos, por eso te mandé la caja con los documentos y por eso me inventé el jeroglífico con el poema de San Juan de la Cruz...

—Pero ahora lo he estropeado todo. Lo siento por el mundo, por Hugo...

—¿Por mí? —Hugo me besó y soltó—: ¡Si soy el hombre más feliz del mundo! He encontrado a la mujer que amo y la voy a tener a mi lado para siempre.

—Y yo soy muy feliz por tener una amiga y un novio para siempre —dije abrazándolos a los dos—, pero me he bebido las posibilidades de investigar tanto para curar enfermedades como para hallar el antídoto.

Lily negó con la cabeza y luego añadió:

—Mi tío sacó el elixir de una piedra que un navegante le trajo de Filipinas.

—¿Un bezoar? —preguntó Hugo.

—Él estaba convencido de que era alcaesto...

—Y ahora por mi culpa nos vamos a quedar sin saber lo que es —concluí mordiéndome los labios de los remordimientos que tenía.

—Por eso no te preocupes, yo llevo cinco siglos analizándolo y puedo asegurar que su composición no corresponde a ninguna materia o sustancia que conozcamos en este planeta.

—¿Y el navegante de dónde sacó la piedra? ¿Se sabe algo? —pregunté enlazando mi mano a la de Hugo.

—Se la compró a un sangley en Manila como un supuesto remedio para la gota. Como no notó ninguna mejoría, se la regaló a mi tío. Eso es lo único que sé. Desconozco quién era el sangley y de dónde sacó la piedra. Mi teoría es que sería el resto de un meteorito que cayó a la Tierra —Lily se encogió de hombros y después aclaró—: Pero tú no te sientas culpable de nada, Eva. Para curar enfermedades, para encontrar el antídoto, necesitaríamos muchísima más materia como la que te acabas de beber, materia que no es de este mundo...

Entonces, la campanilla electrónica que avisaba de que había entrado un cliente sonó y los tres nos asustamos:

—¿Qué pasa aquí? ¡Si parece esto un velatorio!

Era Estrella, vestida con un caftán blanco y chanclas, uñas, sombras y pendientes a juego...

—¿Por qué estáis tirados en el suelo y con ketchup hasta las orejas?

Entre las azucenas olvidado

—Es que hemos hecho una *tomatina*... —Fue lo primero que se me ocurrió, estábamos manchados de sangre por todas partes.

Nos pusimos de pie y mi amiga aprovechó para regañarme:

—Haberme llamado, con lo que a mí me gusta una fiesta. Oye —dijo dirigiéndose a mí—, ¿ha habido también tomate del otro? Ya sabes... —preguntó guiñándome el ojo varias veces.

—Sí, sí...

—¿Y?

—Bien, muy bien —respondí con una sonrisa enorme y agarrando a Hugo por la cintura.

—Ya te veo, ya. ¡Ay, qué orgullosa me siento de ti! —exclamó cogiéndome la cara con las manos y luego dándome un beso en la frente—. ¡Se te ve que lo has pasado de muerte!

—¡Y lo que me queda! ¡Una eternidad!—repliqué mordiéndome los carrillos para evitar la carcajada.

Estrella me miró orgullosa y con los pulgares levantados y poniendo morritos, gritó:

—¡Ese es el espíritu! ¡Así te quiero ver!

La propuesta

CAPÍTULO 12

A pesar de lo que me había sucedido, a pesar de que mi mundo jamás volvería a ser el antes, decidí que la mejor forma de digerirlo era que todo continuara como siempre, aunque solo fuera en apariencia porque nunca más volvería a ser la de siempre.

Según Hugo, Francesca tardaría en volver a aparecer y en el caso de que lo hiciera, antes nos alertarían los servicios de espionaje y escuchas de Laura. No tenía nada que temer o eso fue lo que me hizo creer...

Tres días después de lo sucedido, Estrella apreció en la farmacia con un vestido ajustado y corto de lentejuelas rojo a juego con los pendientes, las uñas y los zapatos.

—Evita, guapa, vente conmigo a tomar el aperitivo... —me ordenó en un tono cantarín.

—Te lo agradezco, pero mejor espero un poco y me paso luego a comer.

—No, *cari*, tú te vienes. —Estrella se pasó detrás del mostrador y comenzó a desabrocharme la bata.

Yo solía celebrar la espontaneidad y naturalidad de Estrella, pero eso ya rayaba en la manipulación pura y dura. Di un par de pasos atrás y así pude zafarme de sus manos:

—Que no, Estrella. Llevamos una mañana muy complicada y no me parece buena idea irme a tomar el aperitivo —protesté volviéndome a abrochar la bata—, luego me paso a verte en la comida.

—Y yo te repito que tú te vienes conmigo a tomar el aperitivo, porque yo te lo ordeno y tu jefa también. *¡Lilyyyyyyyyyyyyyyyyyyyyyyyyyyyyy!* —gritó en dirección a la rebotica, llevándose las manos a la boca a modo de megáfono—. *¡Saaaaaaaaaaaaaaaaaaaaaaaaaaaal* un momento, amiga!

Daba igual cómo se pusiera y que intentara buscar en Lily una aliada: no iba a cambiar de opinión por mucho que insistiera.

—¡Buenos días, Estrella! —saludó muy sonriente, levantando y agitando en el aire las hojas de un albarán que llevaba en la mano.

—¿Qué tal, querida Lily? Pues nada, que aquí nuestra amiga se niega a ir a tomarse el aperitivo. ¿Te lo puedes creer? —preguntó guiñándole el ojo.

—Ah, no. Eso no puede ser —negó Lily con la cabeza—. Quítate la bata y vete con Estrella a tomarte algo. Pero espera antes que te haga algo en el pelo, que lo tienes demasiado pegado, así como sosete, déjame que le meta un poco de vidilla.

Lily enterró sus dedos en mi pelo y comenzó a ahuecarlo, por delante, por los lados y por detrás. Lo hacía con mucha energía y entusiasmo pero me hacía un daño terrible, me estaba metiendo tales tirones que no me quedó más remedio que gritar:

—¡Para, por caridad, que me vas a dejar calva!

—No seas quejica —me regañó pellizcándome las mejillas con más brío todavía.

—¿Y ahora la cara? ¿Qué te pasa, Lily? Nunca te preocupas tanto por mi imagen.

Buscó en un cajón un pintalabios rojo que he usado un par de veces, me cogió el rostro por la barbilla y me pintó muchísimo los labios.

—Y ahora un poco de máscara de pestañas...

Sacó una máscara negra del mismo cajón y me puso las pestañas hasta arriba de rímel. ¿A qué obedecía ese afán maquillador de mi amiga?

—¿Tan mala cara tengo? —pregunté preocupada.

—No, estás preciosa —replicó mi amiga, exultante, y me pasó un espejo pequeño para que comprobara el resultado.

Qué horror. ¡Me había dejado un cardado con tupé ochentero y la clásica melena enredada de después de pasar una gripe de las malas, de esas que te postran cinco días en cama! Intenté deshacer el entuerto aplacándome el pelo con ambas manos...

—¿Qué haces, nena, si estás perfecta? —gritó Lily cogiéndome por las muñecas para evitar que siguiera arreglando el desguisado.

—¡La que me has liado, tía! ¿Me quieres explicar lo que pasa? ¿Vas a potenciar la venta de cosméticos y desenredantes capilares, o qué? —Sin duda, ese despliegue tenía que tener una explicación.

Entre las azucenas olvidado

A Lily le entró una risa nerviosa y luego añadió, soltándome al fin las muñecas:

—¡Qué cosas tienes! ¡Y esa bata fuera! ¡Venga!

Me deshice de mi bata, de mala gana. Me sentía como un niñita a la que su mamá apremiaba para quitarse el chubasquero para no resfriarse.

—¡Estáis locas! ¡Las dos! No sé cómo me dejo mangonear de esta manera... —farfullé mientras seguía intentando alisar mi melena con la mano.

—¿Mangonear? —dijo Estrella, alzando una ceja. Luego, me tomó por los hombros y me dijo con los ojos llenos de lágrimas—: Te queremos tanto, Eva, tanto... —Y me abrazó con una fuerza que empezó a asustarme.

—¿Hay algo que yo no sepa? —pregunté mirando perpleja a Lily, mientras Estrella me aprisionaba en su abrazo.

—No. No pasa nada. Claro que no. Pero dame a mí otro abrazo también...

Estrella se apartó de mí, retirándose una lágrima que ya le bajaba por la mejilla, para que Lily me pudiera dar el abrazo.

—Pues vosotras me diréis por qué hoy estáis tan raras —hablé mientras Lily me estrechaba entre sus brazos muy fuerte, como si yo me fuera a hacer un viaje muy largo.

—¿Raras? ¡Qué dices, mujer! —soltó Lily, lanzando una risita histérica—. Es que hoy nos ha dado por esto, como nos podía haber dado por otra cosa. Pero aprovecho para decirte que tu felicidad es la mía. —Y se le cayeron dos lagrimones que a mí me hicieron mosquearme más todavía.

—¡Contadme de una vez qué pasa! —exigí a mis amigas, que ahora exhibían unas sonrisas más sospechosas aún.

—Nada, mujer. Relájate. Estás guapísima —dijo Lily, que me miraba con una cara de idiota que no podía con ella.

—Sí, está guapísima, aunque yo tal vez la vería mejor con un vestido un poco más escotado y unos buenos taconazos, porque esas sandalias planas que lleva, no sé —sugirió Estrella, mirándome de arriba a abajo con cierta cara de preocupación.

—Está muy bien así. Es ella. Y lo que es, es por ser ella. Y su esencia es esta —concluyó Lily señalándome con la mano de cabeza a los pies, como si fuera una pieza especial a punto de ser subastada.

—¡Dejadlo ya, que me estáis poniendo nerviosa! Estrella, ¡vámonos de una vez! Y que sea lo que tenga que ser, porque es obvio que aquí va a pasar algo.

—¿Qué dices? Venga, sí, vete... —susurró Lily que, cuando ya empujaba la puerta, me lanzó un beso con la mano.

De camino al bar, Estrella, que me llevaba cogida del brazo y no paraba de mirarme cada dos por tres, con los ojos húmedos, me dijo:

—¡Y qué bonito día hace hoy! ¡Todo acompaña! ¡Qué bonito! ¡Qué bonito!

Lucía un sol espléndido, el cielo tenía un azul diferente, más puro y más bello, Estrella tenía razón. Era un día distinto y entonces, tal vez iluminada por la fuerza del sol que lucía con más ganas que nunca, tuve el pálpito:

—¿No me habréis apuntado a un programa de sorpre-

Entre las azucenas olvidado

sas de la tele? Oye, como en tu bar me esté esperando un cantante o un actor me da algo...

Estrella se paró en seco, me miró muy seria y habló:

—Molaría. Y para mi bar sería una promoción que te mueres. Pero no. Puedes ir tranquila, que eso no es.

—Eso no es. Pero ¿es otra cosa? ¿El qué?

Estrella reanudó la marcha, esa vez más deprisa. Era milagroso cómo podía hacerlo casi más deprisa que yo y con esos taconazos.

—Disfruta, amiga. Disfruta de este día mágico...

Y echó a correr hacia su bar, como si tuviera que ir a apagar un fuego, dejándome atrás gritando:

—¡Estrella! ¡Espérame!

Llegué al bar jadeando. Abrí la puerta y, nada más poner los dos pies en el lugar, sonaron los primeros acordes de: *Qué bonita la vida* de Dani Martín.

Recuerdo que me quedé mirando a la cocina esperando a que saliera Dani Martín cantándome, micrófono en mano, y siete cámaras detrás. Pero de la cocina no salió nadie. Entonces fue cuando me percaté de que el bar estaba decorado con miles de corazones rojos con lunares blancos y que en la mesa del fondo estaba sentado Hugo...

Respiré hondo y caminé despacio hasta su mesa, mientras la música sonaba. Él se puso de pie, vino hacia mí, me beso en los labios suavemente, colocó una mano en mi cintura y la otra en mi mano y bailamos muy pegados mientras los siete que había en el bar aplaudían emocionados.

Hugo lloraba y yo también, estaba viva, de milagro, gracias a Lily, y aunque no quisiera pensar demasiado en lo ocurrido, estaba feliz porque tenía vida, toda la vida por delante para amar a Hugo. Era increíble cómo los dos grandes milagros habían venido de repente y sin esperarlos: el de vida y el de amor. Mis amigos tenían razón, a pesar de que prefería no pensar, cómo no bailar, cómo no celebrarlo, cómo no estar eternamente agradecida...

Cuando terminó la canción, Estrella, ajena al verdadero motivo de la celebración, nos invitó a que nos sentáramos en la mesa. Supuse que estábamos ahí para celebrar que había nacido otra vez, que estaba recién nacida a una vida nueva que multiplicaba por mil todos mis horizontes y expectativas, cosa que prefería no pensar demasiado porque el vértigo que me hacía sentir aunque no pudiera matarme, me angustiaba de una forma que podía llegar a ser un tormento peor que la muerte.

—Qué larga se me ha hecho la espera —susurró Hugo cogiéndome de la mano.

—Lily se ha empeñado en hacerme esto en el pelo —dije dando un manotazo a mi melena enredada— y a pintarme las pestañas y los labios. Por cierto, que te he manchado los labios... —Y le quité con mis dedos los restos de carmín que tenía en los labios.

—Estás preciosa. —Hugo cogió mi mano y la besó.

—Qué mentiroso eres, pero te perdono por haber organizado esta fiesta —hablé señalando los corazones de lunares que pendían del techo.

—Los hemos colgado entre Estrella y yo.

—¿Y qué le has dicho que celebramos?

No obtuve respuesta porque apareció Estrella con una bandeja con Coca-Colas, patatas bravas y champiñón a la plancha.

Entre las azucenas olvidado

—Solo me falta el pan... —soltó guiñando el ojo a Hugo un par de veces y dándole unos golpecitos en el hombro.
—No te molestes, Estrella. Está todo bien así.
—Yo sí quiero pan, por favor —pidió Hugo—. Sí, tráelo, esta salsa tiene un pinta... Vamos a mojar, sin parar, mucho.
—¡Eso, eso! ¡A mojar sin parar!
Estrella se marchó muerta de risa, tapándose la boca con la mano, por el chiste malo de Hugo, porque imaginé que era eso: un chiste.
—Está buenísima la salsa, las dos, la de las patatas y la de los champiñones. Ahora mojas, que ya verás...
Pinché una patata y sí, la salsa era la de siempre, como la de los champiñones a la plancha que probé después...
—Yo es que ya estoy acostumbrada, no sé, no me vuelvo tan loca como tú.
Para loca, mi amiga Estrella, que estaba de un pesado insoportable con las malditas salsas:
—Aquí tenéis, chicos, el pan. A mojar salsita que esto está de rechupete. Venga, coge pan y a darle bien. Moja que te moja...
Y volvió a marcharse partida de risa.
—Yo no pienso mojar, desde luego —me negué en rotundo.
—¿Por qué no? —me preguntó Hugo muy apenado—. ¡Con la ilusión que me hace!
Hugo cogió un trozo de pan y se puso a mojar en la salsa de las patatas, con una ansiedad, como si llevara como una semana sin comer.
—No sabía que tuvieras esta costumbre de mojar en las salsas... —Y menos, así, compulsivamente.

—Sí, de toda la vida. ¡Me chifla! Y es una lástima que no me acompañes, una lástima muy grande.

—Hijo, si te pones así, venga, dame un trozo de pan...

—No.

—¿En qué quedamos? ¿Te acompaño o no? —Qué raros estaban todos ese día.

—Me acompañas, aunque prefiero que el pan lo elijas tú, tienes unos trocitos muy ricos y tostados abajo —dijo tendiéndome la cesta.

—Ya, pero resulta que a mí me gusta blanquito. Me cojo este de arriba.

—Vaya... —soltó Hugo con una mueca de contrariedad.

—¿Vaya qué? ¿Qué pasa ahora?

—Nada, nada. Come tranquila...

Corté un trocito de pan y mojé en la salsa de las patatas bravas por amor, porque *motu proprio* jamás lo habría hecho.

—Bueno, cuenta, para no meter la pata —susurré para que mi amiga no nos escuchara—. ¿Y qué le has dicho a Estrella que celebramos?

Hugo alzó las cejas, se tocó la frente, tosió un par de veces y, mirando para otro lado, respondió:

—El amor. El amor entre nosotros. Que tú me amas y que yo muchísimo más a ti.

—Bueno, eso no es cierto —repliqué.

—¿Cómo que no es cierto? ¿Quién se ha chivado? ¿Estrella o Lily? ¡Se van a enterar por largonas! —musitó Hugo muy nervioso, revolviéndose en su silla y sin parar de mojar en las salsas.

Entre las azucenas olvidado

—¿Chivarse de qué? —¿De qué estaba hablando?

—¿De qué? Bueno, como dices que no es cierto... Pues... pues...

—No sé qué tienen que ver ellas en esto. En fin, te decía que no es cierto porque yo te amo mucho más a ti que tú a mí.

—Ah. Oh. Mi amor... Come pan, preciosa mía. —Me arrebató el trozo de pan que tenía en la mano y me tendió nuevamente la bandeja para que cogiera.

—¿Por qué me quitas mi pan, Hugo?

Qué mal me sentó que me quitara así el pan, de repente, como si fuera un mono rebelde de Gibraltar, de esos que te quitan en un visto y no visto los paquetes de cacahuetes de las manos.

—Porque se me ha antojado... porque lo han tocado tus dulces dedos y me ha entrado un deseo irrefrenable de tener ese trozo justo en mi boca, ya que no puedo tenerte a ti, ahora mismo, como me gustaría tenerte.

Bien. Si era eso, no me costaba nada complacerle. Cogí otro trozo de pan con cuidado y Hugo al mismo tiempo tomó cuatro porciones con ambas manos, las dejó en el mantel junto a su refresco y acto seguido volvió a quitarme mi trozo de pan de la mano.

—¡Hugo, por favor! —le regañé, porque eso era ya gamberrismo puro—. No vuelvas a quitarme el pan de la mano. ¡Esto no tiene nada de romántico!

—Sí, sí que lo tiene. Aunque no lo creas, es tremendamente romántico.

Metí la mano en la cesta otra vez, pero esa vez saqué una cajita dorada en la que ponía *Chaumet*.

—Por fin —susurró Hugo, respirando aliviado.

Yo, en cambio, empecé a ponerme nerviosa...

—¿Esto... es... para... mí? —pregunté sin apenas poder articular palabra.

—No. Esto es para mí.

Hugo volvió a arrebatarme lo que tenía en las manos, aunque esa vez era más grave; acababa de quitarme una cajita dorada en la que ponía *Chaumet*, se había levantado y ahora estaba a mi lado, con una rodilla clavada en el suelo.

—Eva...

Con las manos temblorosas, Hugo abrió la cajita y sacó una anillo Josefina, en oro blanco, recubierto de pequeños diamantes y engastado con otro más grande en forma de corazón en el centro.

—Hugo, yo... —susurré llevándome la mano al pecho.

No me entraba el aire por la nariz, el corazón me latía a mil.

—Puede ser que pienses que es demasiado pronto, pero para mí siempre va a ser demasiado tarde. Yo no puedo esperar ni un día más, perdóname, amor mío...

—No... no... no pidas... perdón...

—Eva...

—¿Sí? —repliqué solo para comprobar si todavía me salía la voz—. Dime —susurré con los ojos llenos de lágrimas.

—Quiero dar la vida y vivir para hacerte la mujer más feliz del mundo. A través de ti, amor de mi vida, he de conocer el cielo, por eso me postro ante ti, porque aunque viva mil años la eternidad no tiene sentido si no estás tú.

Entre las azucenas olvidado

¿Hugo se estaba declarando? ¿Hugo tenía un anillo en la mano? ¿El hombre más maravilloso del mundo se quería casar conmigo? ¿Eso me estaba pasando a mí? Me dieron ganas de clavarme un tenedor en la mano, como Hugo el día que nos conocimos, para asegurarme de que no era un sueño, de que estaba bien despierta, de que eso estaba pasando y era verdad, mi única verdad.

—Hugo, yo...

—Eva, te he traído aquí para invitarte a compartir mis esperanzas, mi amor a la verdad, todas mis ansias; te invito a compartir este camino; te invito a levantarme, si es que caigo; te invito a que me cuentes lo que te angustia, a que me regales una sonrisa; te invito a que soñemos una noche, volando por un cielo transparente; te invito a compartir nuestro presente, pensando que vendrán tiempos mejores; te invito a que conozcas todas mis virtudes, a que te apiades de mis fallos; te invito a que me dejes que te acepte, que me dejes quererte tal cual eres; te invito a que viajemos en un cuerpo a cuerpo; te invito a que juntemos nuestros corazones; te invito a que miremos en la noche la dulce claridad de las estrellas; te invito a que descubras dentro de mis ojos la magia que descubro al mirar los tuyos; te invito a eternizar este romance, a que escribamos juntos un futuro. Eva, amor mío...

—Dime, Hugo...

El bar entero me estaba dando vueltas, sentía mi corazón palpitando fuertemente en mis oídos, en mis sienes, en el cuello...

—¿Quieres hacerme el hombre más feliz del mundo? ¿Te quieres casar conmigo?

El mundo estaba empezando a desvanecerse, veía borroso y la voz de Hugo y los sonidos del bar cada vez eran más lejanos. Antes de que todo terminara por volatilizarse tenía que dar mi respuesta:

—Sí, mi amor, sí —susurré con un hillillo de voz.

Hugo, entonces, me tomó mi mano izquierda, con el dedo índice recorrió la base de la palma y los dedos, luego la estrechó y la besó. Por unos instantes, bajó la mirada, después la alzó y, con su sonrisa más dulce, introdujo con suavidad el anillo, como quien penetra en los secretos de almohada...

De lo que pasó a continuación no puedo dar cuenta porque lo siguiente que recuerdo es que aparecí en el suelo de la cocina de Estrella, con un trapo húmedo en la frente y las piernas apoyadas en un taburete. Si bien esa vez hubo una pequeña variación: era el duque el que me sostenía la mano y Estrella y Lily las que me abanicaban con revistas.

—¡Ya vuelve en sí! —gritó Estrella.

—¿Tengo un anillo en el dedo? ¿Estoy prometida? —fue lo primero que pregunté.

—¡Por poco me lo pierdo! —dijo Lily, que me miraba con una sonrisa enorme—. Llegué justo en el momento en el que te ponía el anillo.

—Hugo, nos tienes que contar qué le dijiste —intervino Estrella—, pero despacito y con cuidado, no vaya a ser que a nosotras también nos dé un síncope.

—Le dije lo que siento, tan solo dejé hablar a mi corazón, pero aún no he terminado: todavía me queda algo por contarle.

Entre las azucenas olvidado

—Hugo por favor, ten piedad... —le rogué, colocándome bien el trapo húmedo de la frente no fuera a ser que me diera otro vahído.

—Es solo una cosita, amor...

—Tú, tranquila, que estamos nosotras aquí para abanicarte y lo que sea menester. A ver, Hugo, desembucha, ¿no tendrás a alguna preñada por ahí? ¡Mira que como sea eso, todo el apoyo que te he dado te lo retiro y para siempre! Yo no me junto con cabrones con pintas —amenazó Estrella, levantando el dedo índice.

—No, no. En mi vida solo existe Eva, lo que me queda por decirle es que nos casamos en quince días —susurró Hugo con rotundidad. Era un hecho consumado que no admitía enmiendas.

—¿Qué? —dije incorporándome y a punto de pegarle con el trapo mojado. ¿Cómo podía tomar una decisión así sin contar conmigo?—. ¿Ya estás con tus planes absurdos? ¡Me niego! ¡Me niego! ¡Y me niego! ¿Cómo vamos a organizar una boda en quince días?

Hugo me quitó el trapo de la mano y me abrazó muy fuerte:

—Va a salir todo bien. Ya verás. Es que me hace mucha ilusión que nos case mi amigo el padre Mariano y en quince días se marcha a Norkaba, no puede retrasarlo más, y ya no vuelve hasta al menos dentro de dos años.

—Pues lo aplazamos para dentro de dos años. —¡Éramos eternos! ¿Qué prisa teníamos?

—¿Tú estás tonta, nena? —me dijo Estrella mirándome con ganas de darme con la revista en la cabeza—. ¿Para qué vas a aplazar tu boda dos años? Los trenes hay que cogerlos cuando pasan y a este vagón te vas a subir así te tenga que empujar por el culo para meterte dentro a ti y a tus cincuenta maletas. Nosotras te ayudaremos a organizar la boda, va a ser divertidísimo y vas a tener la mejor boda que jamás pudiste imaginar.

—Es que yo nunca he imaginado mi boda... Es algo que ni fú ni fa.

—Pero le has dicho que sí a Hugo, te has dejado poner el anillo... —me recordó Lily.

—Sí. Me quiero casar con él, pero no de esta forma precipitada, me gustaría hacer las cosas con calma, despacito... ¿No podemos viajar nosotros a Norkaba y que nos case tu amigo allí?

—¿Y hacer a tu familia y a tus amigos que se desplacen? ¿No es más cómodo para ellos una boda aquí?

—Sí, sin duda, lo mejor es un boda aquí. Me niego a chuparme otro viajecito diabólico como el de Ibiza. Hugo, es una idea fantástica —Estrella se dirigió a él muy solemne—, cuenta con nosotras, que en quince días tenemos montada la boda.

—¿Cómo vamos a elegir un traje en quince días? —No pensaba dejarme llevar por esa locura colectiva.

—¡Y en una tarde! —replicó Estrella—. Va a ser sencillísimo, ¿no ves que no tienes un traje ideal en tu cabeza? Te pruebas unos cuantos y el que mejor te siente, para la buchaca. ¡Facilito!

—¡No me líes, Estrella!

—A lo mejor ni va a hacer falta que te compres nada —sugirió Hugo—. Tengo una pequeña colección de moda, entre mis adquisiciones tengo un traje de novia que me regaló Yves, yo tengo la corazonada de que te va a venir como un guante.

—¿Yves Saint Laurent? —preguntó Estrella llevándose las manos a la boca de la emoción.

Hugo asintió con la cabeza.

—No se hable más, te pones el traje del amigo Yves. Para los zapatos yo te ayudo que tengo muchísimo gusto, por no hablar de peluquería y maquillaje. Vas a ser una novia ¡espectacular! ¿Y la boda dónde la celebramos, Huguito? —Estrella se frotó las manos y yo ya salté.

—Estrella, vas a ser una novia ideal —dije poniéndome en pie—. Porque conmigo Hugo que no cuente. Yo me marcho que no pinto nada aquí...

Lily me retuvo cuando ya salía de la cocina.

—Anda, no seas boba, si solo queremos ayudarte.

—¿Anulándome por completo? ¡Lo estáis decidiendo todo por mí!

—Perdóname —dijo Hugo tendiéndome la mano—, será cómo quieras, cuándo quieras, a tu manera.

Acepté la mano de Hugo y él me estrechó contra él y me besó en los labios.

—Lo siento si me he entrometido demasiado, pero es que estoy tan ilusionada con vosotros... —se disculpó Estrella, haciendo un puchero.

—Está bien —dije para que se les quitaran las caras de pena que tenían—. Solo quería recordaros que estoy aquí. Y cuanto al vestido... ¿no dicen que da mala suerte que el novio vea el traje de la novia antes de la boda? ¡Hugo tiene el traje en su casa! ¡Estará harto de verlo!

—Qué va. No. No tengo ni idea de cómo es. Sé que me

lo regaló y que llegó cuando yo no estaba en París. Alguien de mi casa lo guardó y no tengo ni idea dónde. Ni sé cómo es, ni sé dónde está. Pero lo encontraremos.

—En ese caso... —musité. Solo esperaba que no me estuviera mintiendo y el traje no nos gafara nuestro matrimonio.

—¡Genial! Amor, si yo lo que he planeado ha sido pensando en ti y solo en ti. Y ahora, verás... Mi amigo, el padre Mariano, ha encontrado una ermita cerca del pueblo de tu padre en La Axarquía, luego sugiero, solo sugiero, no es ninguna imposición por mi parte —aclaró Hugo bajando la vista en señal de humildad—, que podríamos hacer una fiesta en el campo entre viñas y con vistas al mar.

En distintas ocasiones le había hablado a Hugo del pueblo de mi padre, un pueblo blanco entre viñedos y con el mar de fondo. Y la verdad era que su propuesta no podía resultar más hermosa, ya que mi padre no estaba con nosotros, me parecía un bonito gesto celebrar mi boda en su tierra.

—Me parece una idea perfecta, Hugo —claudiqué emocionada, acariciándole la mejilla—. Será una boda maravillosa, gracias por haber pensado en mi familia y en mí, de esa forma tan amorosa.

—¡Ooooooooooooooooooooh! —exclamaron Lily y Estrella al unísono y luego aplaudieron a rabiar, entre lágrimas.

—Señoras —habló Hugo después de darme un beso enorme en la mejilla—, tenemos una boda en quince días y estoy tranquilísimo porque sé que cuento con vuestro talento y vuestra complicidad. Arranca La Operación Boda...

Acordamos que Estrella, Lily y yo nos ocuparíamos de las invitaciones, el vestido, los complementos, la peluquería y el maquillaje, el fotógrafo, la música y las flores; y Laura y Hugo se encargarían del transporte, el alojamiento de los invitados y el catering de la celebración.

Dos días después, estaba probándome en mi casa el vestido que trajo un mensajero ante la presencia de mi madre. Lily y Estrella se quedaron tan alucinadas como yo al comprobar que parecía que me habían hecho el traje a medida: tal y como había adivinado Hugo, me sentaba como un guante. Es más, de haber soñado con un traje ideal, jamás habría sido tan bonito como la joya de vestido que iba a lucir el día de mi boda.

Mi madre estaba feliz con el enlace, le habían bastado dos comidas con Hugo para concluir que sería el marido perfecto, ojalá que no se equivocara.

Por otra parte, íbamos tan justas de tiempo, que al día siguiente, nos fuimos de zapaterías. Tuvimos muchísima suerte ya que Estrella dio, en apenas cinco horas, con el zapato perfecto:

—Os comunico que voy a adelantar mis bodas de plata aunque solo sea para calzarme unos de estos. ¿Habéis visto qué maravilla?

Eran unos salones *peep toe* de tacón alto en raso blanco roto, con una flor en el lateral, de Pura López, de los que nos enamoramos las tres en cuanto los vimos.

Los días siguientes Lily terminó de mandar las invitaciones, Estrella contrató los servicios de una florista amiga especialista en clonar los ramos de las bodas reales y del Telva Novias, y los de una orquesta de otra amiga suya, Lolita Dum, una artista muy versátil, que lo mismo te canta por la Pantoja que por Lady Gaga, para que amenizara la celebración. Mi madre, por su parte, contactó con el coro de la iglesia del pueblo de mi padre, que aceptaron a cantar en la boda, un coro de abuelas con una media de edad de ochenta y siete, pero es que según mi madre la de ciento dos años era la culpable de que la media fuera tan alta. Yo escogí un fotógrafo que hacía fotos muy naturales, los novios no parecían muñecos de tarta puestos en distintos escenarios y en posturas de lo más inverosímiles y finalmente me decanté por Pepa, la peluquera del barrio para el maquillaje y el peinado, total, yo quería algo muy sencillo, así que mejor cuantas menos complicaciones.

Ya lo teníamos o casi, porque cuando estábamos ultimando las tres en la farmacia los preparativos, aparecieron dos hombres altos, morenos, fornidos, con gafas de sol y pinganillo para hacerme entrega de algo.

—¿Eva Villena, por favor? —preguntó el más alto con una voz cavernosa.

Estrella, muy nerviosa, me susurró al oído:

—Estos no son repartidores, a mí no me la dan...

—Entonces, ¿qué son? —solté entre dientes.

—Estos tíos son *boys*, ahora pondrán una musiquita y se despelotarán. ¡Se nos había olvidado la despedida de soltera! ¡Estos seguro que los ha contratado Laura!

—¿Tu crees? —pregunté bastante mosqueada, porque aunque no llevaran la identificación de ninguna compañía de reparto, tampoco tenían mucha pinta de que fueran a hacernos un *strep-tease*.

—¿Eva Villena? —Volvió a preguntar el repartidor.

—Bueno, buenoooooooooo —murmuró Estrella—,

Entre las azucenas olvidado

ahora te va poner el *I'm sexy and I know it* de LMFAO, y te va a hacer un bailecito *hot*. Ya verás, ya...

Que fuera lo que tuviera que ser, peor que organizar una boda en quince días no creo que fuera:

—Soy yo —dije alzando la voz.

El hombre se colocó la mano delante de la boca, pero hablaba tan alto que las tres pudimos escuchar perfectamente como decía:

—Es ella, jefa. Está aquí.

Las tres nos miramos expectantes. ¿Unos *boys* podían cargar para aparentar que eran repartidores con un paquete de 70x80cm?

—¿En qué puedo ayudarles? —Lo mejor era salir de dudas cuanto antes.

—Así me gusta —murmuró Estrella—, como debe ser: apostando fuerte.

Ninguno los dos respondió nada, se quedaron mirando a la puerta que de pronto se abrió. La campanilla electrónica avisó de que había entrado una bruja: Francesca de Lerena.

—*Buona sera* —saludó con una sonrisa perversa—. ¿No me presentas a tus amiguitas? —preguntó Francesca tamborileando sus uñas rojísimas sobre el mostrador de la farmacia.

No pude evitar pensar en Hugo y su convicción de que Francesca tardaría en aparecer y que, en el caso de hacerlo, nos alertarían antes los servicios de espionaje de Laura...

—Lily, la dueña de la farmacia —dije intentando disimular mi pánico atroz a que hiciera algo a Estrella—, y Estrella, una amiga que ya se marcha.

—¿Cómo que ya me marcho? —protestó mi amiga ofendida.

—Lo mismo digo, ¿cómo se va a marchar? Yo soy Francesca de Lerena, una amiga de Hugo, de toda la vida y, por extensión, de Eva —dijo mientras les estrechaba las manos—. Como desgraciadamente no voy a poder asistir a la boda, os he traído este regalito... —Y señaló con el dedo índice al cuadro que sostenían los forzudos—. Es un retrato de bodas del pintor Lorenzo Lotto que es muy interesante por la simbología que encierra relacionada con el amor y el matrimonio. Tiene un Cupido precioso que coloca un yugo sobre los cuellos de los contrayentes, en referencia a las cargas y obligaciones que entraña el matrimonio, pero de él también nacen unas esperanzadoras ramitas de laurel en alusión a la victoria, la virtud, la eternidad y la fidelidad. Entre nosotras —soltó acercándose tanto que Estrella no podía parar de estornudar de lo fuerte que era su perfume—, Huguito es un fracasado que no conoce la virtud ni la fidelidad; no obstante, os deseo que el yugo eterno que os vais a poner os sea leve.

—¿Y dice usted que es una amiga? —soltó perpleja Estrella.

—De las buenas, de las que dicen siempre la verdad y de las que no te quitan nunca ojo de encima. Volveréis a saber muy pronto de mí. *Arrivederci.*

EPÍLOGO

Me preocupaba muchísimo Francesca, pero Hugo insistía en que estaba todo controlado, que como mucho investigaría a Lily y que tal vez se pondría, en un futuro, un poco pesada hasta que finalmente acabara descartando que nuestra amiga poseyese más dosis del elixir.

Una vez más, Hugo se equivocó porque al día siguiente de que Francesca apareciera en la farmacia para dejarnos el regalo de bodas, unos encapuchados de madrugada, según contaron los testigos, asaltaron y destrozaron la farmacia, sin que por supuesto se llevaran absolutamente nada.

Con todo, mi prometido seguía insistiendo en que no había nada que temer, que solo era una acción puntual y que pronto Francesca acabaría cansándose de nosotros.

Obviamente, no le creí pero entretanto nos casamos...

Después de pasarme las cinco últimas noches antes de la boda sin dormir, llegué a la ermita a bordo de una de las burras de Hugo, un Rolls Royce Silver Ghost de 1914.

Entre las azucenas olvidado

—¡Vaya ideas las de tu novio! Subirnos en un descapotable del año de la pera por esta carreterucha llena de curvas infernales. Le voy a pedir al chófer el pañuelo que lleva en el bolsillo para taparme la cabeza, que para algo ha estado Pepa tres cuartos de hora echándome laca. A ti no te hace falta, como llevas una melena de leona...

Pues así, yo con mi melena de leona, natural y sin adornos, y mi madre con su pañuelo de cuatro nudos en la cabeza, aparecimos en la ermita del pueblo con casi una hora de retraso.

Nada más bajar del coche, la primera que se acercó a saludarme fue Estrella, que estaba blanca como la cal e iba vestida con un vestido azul entallado hasta los pies, lucía el pelo suelto y una corona de flores que se le había ladeado del todo.

—Eva, estás bellísima —me dijo con la misma cara que tenía en Ibiza navegando.

—¿Estás bien? —le pregunté sabiendo que estaba fatal.

—Si llego a saber lo de las curvas, te digo que elijas mi pueblo, que es llano y ahora no tendría yo este aspecto de dama borracha y cadavérica.

—Estás muy bien —mentí, no podía hacer otra cosa.

—Estaba mejor cuando salí de casa, con mi *outfit* ideal inspirado en Tatiana Santo Domingo. Sin embargo, ahora, ya ves en lo que ha quedado, parezco un *Ecce Homo*.

—No, mujer, no. Estás maravillosa. —Tuve que morderme los carrillos para no soltar una carcajada.

—Tú sí que lo estás. El vestido te queda hoy mejor que el día que te lo pusiste en tu casa...

Tenía razón, el vestido de escote redondo y bordado en

lentejuelas, hilos de plata y perlitas falsas, parecía de ensueño a luz de la tarde.

—Muchas gracias, Estrella. Estoy muy nerviosa —le confesé—. ¿Hugo habrá llegado ya?

—Sí, está dentro, muerto de nervios. Es el tío más bueno que he visto en mi vida. No te puedo decir más...

—Yo tampoco —me dijo Lily, que acababa de salir de la ermita y ahora me abrazaba emocionada—. De Hugo no te puedo decir nada, en cambio de ti... ¡estás guapísima! ¡Muchísima suerte, Eva! Yo no creo en el amor, pero contigo tengo la certeza de que vas a ser muy feliz.

—Venga, niñas, dejad los juegos florales para el convite. Que ahora la que va a pasar el trago soy yo, entrando a mi hija del brazo con lo poco que me gustan a mí las moderneces y ser el centro de atención.

En principio, Milos era el que iba a acompañarme al altar, porque le hacía especial ilusión a Hugo, pero a aquel en el último momento le surgió un contratiempo y yo decidí que solo podía ser mi madre la que estuviera en ese momento tan importante a mi lado.

—Mamá, te agradezco que hagas esto por mí...

—A ver, si no lo hago yo quién lo va a hacer. ¡Estos marrones solo se los come una madre!

Entonces, ella, mi madre, me ofreció su brazo al que me agarré plena de amor y agradecimiento.

Las chicas me desearon una vez más mucha suerte, yo me puse más nerviosa todavía, si bien también aumentaron más mis ganas de ver Hugo. No quería esperar ni un segundo más, así que tiré del brazo de mi madre y por fin entramos en la ermita.

Entre las azucenas olvidado

Al hacerlo, el coro de abuelas empezó a cantar el *Sigh no more, ladies* de *Mucho ruido y pocas nueces,* cuya letra dice que no hay que llorar ni sufrir por los hombres, farsantes siempre, sino disfrutar la vida y cantar de alegría.

Yo me iba a casar con un hombre, con el que seguramente me iba a tocar alguna vez sufrir, pero entré en aquella ermita, decorada con encanto con azucenas y jazmines, con la intención sobre todo de disfrutar intensamente de la vida.

En cuanto di tres pasos, Hugo se volvió, suspiró y me miró como jamás lo había hecho, con ternura, con amor infinito, con devoción. Y yo caminé hacia él no sé si con la misma mirada, pero sí con la profunda convicción de que no se podía emprender ese camino con más ilusión ni con más amor.

Al llegar al altar, Hugo me sonrió feliz, besó mi mano y luego susurró:

—Este es el sueño más bello que jamás he tenido, no me despiertes nunca.

Él sí que era un sueño, llevaba un traje azul oscuro, con un chaleco de piqué blanco y corbata verde esmeralda con lunarcitos blancos, con el que no se podía estar más guapo. ¿Y yo estaba a punto de casarme con ese hombre?

—¡Estás guapísima, Eva! —me dijo Laura, la madrina de Hugo—. Os deseo mucha suerte —susurró apretando cariñosa mi mano.

Pues sí, aunque a los dos nos pareciera un sueño, era verdad. Estábamos en una ermita de La Axarquía, Hugo y yo, a puntos de darnos el «sí quiero», tal y como nos recordó el padre Mariano, que nos regaló una ceremonia preciosa, llena de guiños y momentos emocionantes, como cuando mis amigas hicieron, entre lágrimas, las lecturas de *El cantar de los cantares,* o cuando mi madre recordó a todos los que faltaban con todo su aplomo y sin que se le moviera un solo pelo de su peinado, o cuando Hugo después de que yo le prometiera amarle eternamente en lo malo y en lo bueno, me miró con los ojos vidriosos y con un nudo en la garganta, tomó mi mano, me puso la alianza, me prometió amarme y respetarme por siempre jamás y entonces, cuando creíamos que no podíamos soportar más emociones, las abuelas se arrancaron con el *Aleluya* de Haendel y aquello sonó a coro celestial.

Tuvimos la mejor boda que podíamos tener, una que reflejó fielmente lo que éramos y lo que soñábamos ser, una boda sencilla, especial y muy amorosa.

De la iglesia nos fuimos a unos viñedos que estaban junto al lugar donde habían dispuesto las mesas para la cena y nos retratamos cuando la luz de la tarde ya agonizaba.

El olor a tierra y a mar, el olor a mi infancia, el olor de esas viñas por las que tantas veces había correteado de niña, me trajo muchísimos recuerdos, momentos grabados para siempre en mi corazón que tendría toda la vida por delante para compartir con Hugo, el hombre que me acababa de regalar, a mí que las bodas ni fú ni fa, uno de los momentos más felices de mi vida.

Cuando la sesión de fotos terminó, nos fuimos a cenar con nuestros seres queridos, que no pararon de felicitarnos. El lugar, un espacio amplio junto a un viñedo, con vis-

Entre las azucenas olvidado

tas al valle y al mar, estaba decorado con muchísimo encanto con unas mesas alargadas con manteles tostados, sillas de madera sencillas, centros de mesa en verde y blanco, miles de velas y pequeños jarrones, y todo iluminado por guirnaldas de bombillitas que daban un toque muy romántico y mágico.

Después de la deliciosa cena y la tarta, abrimos el baile con *Titanium* de David Guetta, nuestra canción, cantada por la orquesta de Lolita Dum, la amiga de Estrella, otra señora de edad indefinida y clavada a Dolly Parton que estuvo cantando, durante cinco horas seguidas y con mucho arte, subida a unos zapatos de aguja de plástico rojos.

Después de bailárnoslo todo, nos fuimos a vivir nuestra luna de miel que aún hoy sigue y sigue...

Pero lo mejor viene a continuación...

A los dos meses de tomarme el elixir, empecé a sentirme mal. Me sentía cansada, desganada, con sueño a todas horas, tenía náuseas y mareos matutinos, hinchazón abdominal...

Como no quería preocupar a Hugo, primero se lo conté a Lily:

—Lily, a mí me ha debido de tocar una dosis adulterada del elixir porque cada día me siento peor. Estoy enfermando de algo y tiene pinta de no ser nada bueno...

—Eso es de tanto viaje Madrid-París... —dijo sin darle importancia.

Hugo y yo habíamos acordado pasar de lunes a viernes en Madrid, desde donde él podía seguir perfectamente atendiendo sus asuntos y yo podía continuar con mi trabajo en la farmacia; y los fines de semana los pasábamos en París.

—Y tampoco me viene la regla...

Lily soltó una carcajada. Y se fue a buscar algo a la rebotica... Regresó con un test de embarazo.

—Es imposible —solté en cuanto vi la caja—. Los inmortales solo pueden reproducirse con mortales.

—¿Follaste con él cuando eras mortal?

Asentí.

—¡Lo que te costó, maja! Pues hala, ya sabes qué enfermedad tan mala tienes...

Después de hacerme varios test de embarazo, llamé a Hugo eufórica:

—¡No te lo vas a creer! ¡Tengo un notición que te va a dejar sin habla!

—Pero tú hablas... y muy deprisa.

—Porque estoy empezando a asimilar... ¿Te acuerdas del primer fin de semana que pasamos juntos?

—Nunca lo olvidaré. ¿Vamos a participar en un concurso de torres humanas?

—¡Estoy embarazada!

—...

—¿Hugo? ¿Hugo? Hugo, ¿estás ahí?

Siete meses después nació Daniel...

Un niño que vino para hacernos más felices de lo que ya éramos y al que las enfermedades comunes del bebé le duraban dos segundos y medio.

Mi madre presumía del nieto tan sano y robusto que tenía y nosotros no dejamos de celebrar ni un solo día que nuestro hijo fuera uno de los nuestros.

Entre las azucenas olvidado

Como sus padrinos Lily y Milos, quienes nada más verse fueron víctimas de un flechazo súbito. Ella dejó de ser una atea del amor y él descubrió por fin qué era lo que estaba buscando cuando se pasaba las horas muertas mirando al cielo...

Pero esa es la historia de Lily y Milos...

La nuestra, la de cómo nos conocimos Hugo y yo, finaliza aquí...

Últimos títulos publicados en Top Novel

Una casa junto al lago – SUSAN WIGGS
Magnolia – DIANA PALMER
Luna de verano – ROBYN CARR
Amor y esperanza – STEPHANIE LAURENS
Secretos de sociedad – CANDACE CAMP
10 secretos de seducción – VARIAS AUTORAS
El legado Moorehouse – J.R. WARD
Tras la traición – BRENDA JOYCE
A merced de la ira – LORI FOSTER
Palabras prohibidas – KASEY MICHAELS
El regreso del rebelde – LINDA LAEL MILLER
Víctima de una obsesión – DEANNA RAYBOURN
Los Cordina – NORA ROBERTS
Tierras salvajes – DIANA PALMER
Algo más que vecinos – ISABEL KEATS
Sueños de verano – SUSAN WIGGS
Tiempo de traiciones – ROSEMARY ROGERS
Nuevos comienzos – ROBYN CARR
Pasión de contrabando – BRENDA JOYCE
Los Montford – CANDACE CAMP
Tentando a la suerte – SUZANNE BROCKMANN
De repente, un verano – ROBYN CARR
Empezar de nuevo – ISABEL KEATS
Una luz en el mar – SUSAN WIGGS
Los Mackenzie – LINDA HOWARD
Una rosa en la tormenta – BRENDA JOYCE

www.ingramcontent.com/pod-product-compliance
Lightning Source LLC
LaVergne TN
LVHW030343070526
838199LV00067B/6421